ジョニー・ゲップを探して

幻の浅草ピン芸人

阿野 冠
Ano Kan

文芸社文庫

本書を幻の天才ピン芸人『原田17才』に捧げます

目次

第一章　シザーハンズ

カンカン帽をかぶった男は、みんな人生の負け犬だ。そう、おいらが憧れるピン芸人ジョニー・ゲップも例外ではない。

それにしても最悪の年明けだった。

一月四日、師匠のジョニーが根岸の安アパートで急死したのだ。死に水をとったのは、入門十日目のおいらだった。

人の死にざまを見たのは初めてなので、うまく感情表現ができなかった。口を半びらきにしたジョニーの死に顔は、いつもの冴えがない。生前のキザな表情がつるりと剝《は》げ落ち、だらしのない間抜けづらに映った。

隣室の《紙切り与作》が、てきぱきと段取りをつけてくれた。与作さんは、数少ない師匠の芸人仲間だ。

「いいかい。芸人の葬式で大事なのは、まずは喪主《もしゅ》を決めるこった。一番弟子のあんたがやんな」

「でも、おいらは……」

どう考えても赤の他人だ。

ふさわしい近親者は他にいるだろう。だが、与作さんは角ばった顔で迫ってきた。

「師匠と言えば親。弟子と言えば子供と同じだ。それが芸人の世界ってもんだ。だれも文句はいわねぇさ」

「やっぱ荷が重すぎますよ」

「心配いらねえ、後始末は俺がちゃんとつけてやっから。それにジョニーは天涯孤独の身の上だしな」

「そうだったんスか」

おいらは口ごもった。

実際、師匠の身の上については何も知らないのだ。

知っていることは、奇想天外な持ちネタとハイテンションな芸風だけ。反則技《ローブロウ》の笑いのつぼにどっぷりハマり、売れないピン芸人の追っかけを一年間もしていた。なぜあんなに熱狂したのか自分でもわからない。妙に血が騒いだというほかはなかった。

幸運にも年末に入門をゆるされ、年始から通い弟子になった。元日にはお年玉がわりに芸名までもらった。

〝アンチョビ・ヒゲの助〟

ネジのゆるんだ史上最低の呼び名だった。しかし、新入り弟子が師匠からもらった名を返上するわけにはいかない。

名付け親の師匠が、ちょうど酒の肴《さかな》にイワシ缶を箸でつっ突いていたのだ。おいらの鼻の下にちぎった味つけ海苔をペタリと貼り付け、とてもごきげんだった。

『ほーれ、チョビヒゲのできあがりとござーい！』

あの時の師匠の笑顔を思い出し、やっとほろりと涙がこぼれ落ちた。目の前で急死したので仰天《ぎょうてん》し、おいらは泣くことさえ忘れていたのだ。

すると、与作さんが思い出したように言った。

「あんちゃん、すまねぇがタクシー代を貸してくれねぇか」

「えっ、それって……」

「当然の手間賃だろ。病院の先生にたのんで死亡届を書いてもらわなくっちゃ。それに町屋の斎場《さいじょう》も予約しておかなきゃ」

「いろいろとすみません。少ないスけどこれだけ」

万札を一枚手渡すと、与作さんは自慢の金歯をギラリと光らせて笑った。

「じゃあ、ちょっくら行ってくらァ。仏さんの世話ァたのんだぜ」

初老の紙切り芸人は足早に部屋を出て行った。おいらはふぅっと吐息した。また師匠の遺体と二人っきりになったのだ。

六畳一間なので布団を敷くと足の踏み場もない。せんべい布団に横たわり、白いタオルで顔面をおおったジョニーの姿は、思っていた以上に小さかった。

生前のジョニーは、その芸名どおりハリウッドスターの《ジョニー・デップ》に似てハンサムだった。しかし、背丈は《猫ひろし》ほどしかない。

端整な顔立ちと足りない身長。

そのギャップが哀れなぐらいおかしかった。ハーフっぽい奥二重の両目。肌も透きとおるように白い。だがシークレットブーツを履いても背の低さはかくせない。世紀の二枚目なのに、ジョニーはお笑い芸人として生きるしかなかったのだ。

突然、部屋の扉がズバンッと開いた。

「おい、ここがジョニーの部屋だろ！」

ダミ声とともに、人相の悪い三人連れが押し入ってきた。リーダー格の男はつるっぱげで、残る二人はパンチパーマで太っちょと痩せぎすの小柄な若者。絵に描いたような売れない漫才トリオだった。

それぞれのキャラがきっちりと決まっている。同業者だと思い、おいらはペコリと頭を下げた。

「わざわざ師匠の通夜に来てくだすって、ありがとうございます」

「おめえは何者だ」

「おいらは弟子のアンチョビ・ヒゲの助です」

「チッ、最低の芸名だな」

同感だよ。でも、おいらはこの名を大事にせおって生きていく。

「たったいま亡くなったばかりなので、何の用意もできてませんが」

「あんちゃん、お悔やみに来たンじゃねぇぜ」

「じゃあ、生命保険の勧誘。でも本人はもう死んじゃってますけどね」

ヘタなノリツッコミを真《ま》に受けたのか、リーダー格の中年男が残忍な薄笑いを浮かべた。

「そこンところが怪しいのさ。ほんとに奴が死んだかどうか確かめにきた。あらためさせてもらおう」

「どういうことスか」

おいらは首をひねった。

つるっぱげが、どっかりとせんべい布団のそばに腰をおろした。どうやらお笑いトリオではなく、本物のヤクザらしい。

遺体を見下ろす眼光がやたらすごかった。

「こういうことさ」

そういって、吸いかけのタバコを死人の手の甲にジュッと押しつけた。一瞬、カルビを直火焼きしたような甘いにおいが漂う。

「熱っ！」

思わずおいらが叫ぶと、二人のパンチパーマがぎゃっと大声をだした。

太めのチンピラが、おいらの横っ腹にパンチをめりこませた。

「この野郎、わざとらしく叫びやがって。死人が口をきいたかと思ったぜ」

「もう一発くらえ！」

細めのチンピラもおいらの頰をはりとばした。

傷が残らないていどのゆるい打撃だ。つるっぱげが止めに入った。

「相手は芸人だ。顔を傷つけちゃいけねぇぜ。なっ、そうだろあんちゃん」

「お手やわらかに」

おいらは頰と脇腹をそれぞれ両手で押さえながら、おおげさに痛がってみせた。

二人のチンピラは、手柄顔でリーダーの背後に立った。息のあったその姿は、どこからみても《トリオ・ザ・ヤクザ》だった。

リーダーが念押しするように、白いタオルをとって師匠の死に顔を点検した。さらに左耳を思いっきりひっぱった。

一瞬、ジョニーの両目がカッと開いた。

「ぐえっ、生きてる！　いや、やっぱり死んでるな」

「もうやめてください。これ以上すると警察呼びますよ」

おいらは声高に言った。それから師匠の両目を閉じてやり、白いタオルを顔にかぶせた。

つるっぱげが居直った。

「悪いのはおめぇの師匠のジョニーのほうだぜ。あちこちで借金をふみ倒し、おれが肩代わりしてやってンんだ。いってみれば恩人なんだよ」

「どのくらいの金額なんスか」

「ざっと二百万。支払期限は今日だ。で、おめぇの実名は？」

「月影禅《つきかげぜん》です」

「やっぱりそうか。だったら二百万はおめぇが払いな。師匠の借金を弟子が払うのは当然だろ」

「ええ。師匠といえば親。弟子といえば子供ですから」

不用意にも、おいらはついさっき与作さんから聞いた話を口にした。

つるっぱげが大きくうなずいた。そして背広の内ポケットから借用書をとりだし、おいらに突きつけた。見ると、保証人の欄に《月影禅》の名前が記されていた。

まちがいなくおいらの筆跡だった。十日前、師匠に入門をゆるされた時、この証書に意味もわからず署名したのだ。朱肉をつけて母印《ぼいん》まで押した。

「これって責任あるんスか」

「もちろんだ。死人のかわりに生きてるおめぇが払え。もし払えないようだったら、師匠と同じ世界へ送ってやる」

「べつに、それでもかまわないスけど」

強がりじゃなく、じっさいおいらはいつ死んでもかまわなかった。取り立てておもしろくもない世の中だ。好きな女もいなかった。唯一の希望の星だったジョニーが亡くなり、何の未来図も描けない。

「あんちゃん、ハッタリが効くな。気に入ったぜ。あと一月《ひとつき》だけ待ってやる。月末に全額うちの組に持ってきな。場所はこの裏通りのどんつきにある赤いビルだ」

「わかりました。金ができしだい持参します」

気軽に答えたが、二百万の大金なんてこれまで見たこともない。

二人のチンピラが、おいらを軽く蹴とばしてから部屋を出て行った。別れぎわに、つるっぱげが捨てぜりふを残した。

「芸人にしとくにゃ惜しいクソ度胸だな。それに声もよく通る。組の電話番を数年つとめたら、そのうち幹部にしてやっからよ。俺の名は金満一郎《かねみついちろう》だ」

トリオ・ザ・ヤクザが足音高く室外に出ていった。まったくできの悪い茶番劇だ。

おいらは死人に語りかけた。

「師匠、あんたはいったいどんな人だったんスか。さっぱり見当がつかない」

「…………」

やはり死者は何も答えない。

急にさびしさがこみ上げてきた。せっかく師弟の仲になれたのに、わずか十日で死に別れるなんてつらすぎる。

でも弟子入りを許可した動機が怪しすぎる。ちゃんとした師匠なら、入門したばかりの弟子を借金の保証人にするわけがない。

「二百万の金、どうすりゃいいんスか」

「…………」

こんどもジョニーは答えない。

しかたなく、おいらは室内を物色した。家具は衣装ケースと三面鏡とテレビだけ。現金を隠してあればすぐに発見できるだろう。

探してみたが、遺産も遺品もめぼしいものは何もなかった。いまでは形見となったカンカン帽が部屋の隅に転がっているだけだ。鏡台のひきだしから、たった一枚ジョニーの履歴書が出てきた。おいらは興味にかられて読んでみた。

氏名・北条剣太郎
生年月日・平成十年一月一日（満十八歳）
住所・東京都大田区田園調布九丁目九番地
学歴・東京大学医学部卒業
免許・英検スーパー一級　医師免許と美容師免許取得

おいらはプッと吹き出した。いくら何でも十八歳は無茶だろ。その年齢では医師免許はとれない。死に顔はどうみても四十過ぎの中年男だよ。《北条剣太郎》という時代劇スターみたいな氏名もリアルじゃなかった。最難関の東大医学部卒もありえない。教養は顔にでるからね。のっぺりした師匠の素顔は、教養のカケラもなくて魅惑的だった。それに根岸の安アパートと田園調布の豪邸街が一ミリも結びつかない。

しかし、デタラメな記述の中に本当のこともまじっている。美容師免許取得は本当だと思う。

その証拠に、鏡に映ったおいらの奇抜《きばつ》な頭髪は、師匠のジョニーに刈ってもらったものなのだ。ジョニー・デップ主演『シザーハンズ』の主人公みたいに二丁のハサミをあやつり、あっと言う間に仕上げてくれた。

あのあざやかなハサミさばきは絶対にプロの腕だ。おいらの頭を刈りながら、ジョニーがくだらないギャグをとばした。

『このハサミで何年も食いつないできたよ。芸人仲間の髪《ヘア》をカットし、強引に代金をせびるんだ。仲間たちは俺のことをこう呼んでた。《セビリヤの理髪師》だってな。どうだい、うけるだろ』

あの時、もっと笑ってあげればよかった。《セビリヤ》イコール《せびり屋》。そこまではわかったが、それが有名なロッシーニのオペラ《セビリアの理髪師》だと知ったのは後のことだ。ヤとアの一字ちがいは大目に見てあげよう。

履歴書の裏面に書かれた志望動機には、とてつもない悪筆でこう記されてあった。

カッコいいし、話がうまいから。

そして、本人の希望記入欄には好き勝手なことが書いてある。

〝時給は五千円でけっこうです。寮に入る時は3LDKの高級マンション。賄《まかな》いはキャビア・フカヒレ・フォアグラ等が好物。店での源氏名はブラピが最適。〟

ここまで読んで、やっとおいらはホストクラブに提出する履歴書だと気づいた。

たしかに顔立ちだけならホストで通用する。会話も最高だ。でも圧倒的に背丈が低すぎる。女性客とダンスを踊ったら、ジョニーは相手のオッパイに顔をうずめることになる。

「師匠、あんたは本当にすげぇよ」

もちろんジョニーはぴくりとも動かない。生前にもっとたくさん話し合っておけばよかった。おいらたち二人は、たがいに何一つ状況を聞かないまま師弟となったのだ。

履歴書の配偶者欄を見て、おいらはのけぞった。

妻・北条早百合
奥さんの話など、ジョニーはこれまで一度もしたことがない。おいらは師匠のことをまったく知っていないのだ。

さびしさをかみしめていると、枕もとに置いてあった師匠の携帯電話が鳴った。

おいらはケータイを手にとった。

「もしもし、どなたですか？」

「あたしだよ、サユリだよ」

これって安直なコントの続編なのか。トリオ・ザ・ヤクザが退場したら、続いて謎の女房まであらわれた。

「あのぅ、たぶん師匠の奥さんですよね」

「内妻だけどさ、よくわかったね」

「たったいま知ったばかりです」

「でもさ、あんた誰」

「電話かわってよ」

「弟子をとったなんて、ジョニーも出世したもんだ。電話かわってよ」

「今、師匠は身動きがとれないんですけど」

おいらはまごつきながら言った。まさかこの場で夫のジョニーが急死したなんて口に出しにくい。電話の向こうでサユリがヒステリックに叫んだ。

「どうせ居留守をつかってンだろ！　鶯谷《うぐいすだに》の駅前にいるからあんたが迎えに来てよ。荷物が多すぎて一人じゃ運べないから」

「わかりました。そうします」

「初対面だし、どんな格好してんの」

「カンカン帽にチョビヒゲなので、すぐにわかりますよ」

「とにかく早く来て。このままじゃ駅前で凍え死んじゃうよ」

電話がぷっつり切れた。おいらはあわてて鏡の前にすわり、黒マジックで鼻の下にチョビヒゲを描いた。最低の芸名だが、扮装には時間がかからない。

師匠の形見のカンカン帽をかぶり、いそいでアパートを出た。そのまま自家用のマチャリに乗って鶯谷駅に向かう。これでおいらも立派な負け犬だ。

今年は暖冬だが、やはり一月の夜風は身にしみる。曲がり角の飲み屋で、ちらりと紙切り与作さんの横顔が窓ごしにみえた。急停車し、店の入り口から声をかけた。

「与作さん、なにしてるんスか。ちゃんと段どりはつけたんでしょうね」

「おっ、ヒゲの助。心配すんな、すべて順調だ」

「ちっとも順調には見えないスけど。すっかり酔っ払って」

「いいってことよ。オヤジもう一杯。今日はちゃんと酒代をはらうぜ」

万札を店の主人にみせびらかした。

その一万円札は、おいらが与作さんに渡した金だ。めったに持たない万札を手にして、売れない紙切り芸人は飲み屋に直行したらしい。

怒る気にはなれなかった。芸人は義理がたいが、実生活ではみんなデタラメなんだよな。ジョニーに弟子入りしたおかげで、ご臨終に立ち会い、与作さんに金をせびられ、ヤクザにぶんなぐられ、内妻に荷物持ちを命じられた。

師匠が頓死《とんし》したのに変に愉快だった。次々といろんなことが勃発《ぼっぱつ》する。これだから芸人稼業はやめられない。

「先に用事をすませてきます」

そう言い残してママチャリにまたがった。酔っ払いの芸人と話し合っても意味がない。いまは鶯谷駅へ急ぐことが先決だ。

高速道路の高架下をぬけて、駅前のパチンコ屋を通りすぎた。奥まった細道のどんづまりに、真っ赤なハーフコートを着た女が手を振っている。

ヒョウ柄のミニスカートの下からのびた、両脚が色っぽい。化粧が濃すぎて年齢もさだかではなかった。やたら分厚い唇が、どことなくハリウッド女優のアンジェリーナ・ジョリーに似ていた。

「チョビヒゲ、こっちだよ」

ママチャリで近づいて見ると、予想以上に若くて美人だった。

おいらはカンカン帽をとって頭をさげた。

「待たせてごめんなさい。サユリさんですよね」

「そのチョビヒゲ、マジックで書いてあンじゃん」

「目印になると思って」

「なら《チョビ》って呼ぶよ。そんなことよりジョニーはどうしたのさ。いつものように借金取りから逃げまわってるんだろ」

「まぁ、そんなとこです」

数時間前に死んだなんて言い出せる雰囲気じゃなかった。おいらは作り笑いを浮かべ、大きなバッグを二つ持ちあげた。

サユリは機嫌をなおした。

「チョビ、気が利くじゃないの。札幌《さっぽろ》から帰ってきたばかりだし、お腹がへってるのよ。そこの焼肉屋で晩飯食っていこ。もちろんあたしのオゴリだから安心して」

「姐《ねえ》さん、ゴチになります」

おいらはまたペコリと頭を下げた。

サユリに連れられ駅前の焼肉屋に入った。金回りが良いらしく、値段の張る品を次々に注文していった。

「まず、骨付き上カルビを五人前。ユッケとビビンバ、タン塩も三人前。ワカメスープ二つとカクテキ。それにビール大ジョッキ二杯」

「待ってください、姐さん。とてもそんなに食べきれませんよ。それにおいらは酒をひかえてるんで、ウーロン茶にします」

「なんだい、酒も飲めないなんてつまんねぇ芸人だね」

じろりとおいらをながめてチッと舌打ちした。やることなすこと品がない。それからタバコに火をつけ、おいらにも一本さしだした。

「じつはタバコもやめてンです」

「あきれた。あんた百まで生きる気かい。《行く末哀れ》が芸人の誇りだって師匠に教わらなかったの」

「そんなこと初めて聞きました。ちょっとメモしていいですか」

ネタ帳をポケットから取り出し、《お笑い芸人は行く末哀れがサイコー》と記した。

店員が骨付きカルビと大ジョッキを運んできた。

サユリのパワーに圧倒され、すっかりジョニーの死を忘れていたが、上カルビの肉切れをみて急激に落ちこんだ。

「あんまり食欲ないんスけど」

「じゃ、あたし一人でいただくよ」

豪快にカルビを三切れとってアミの上で焼きはじめた。

ジュッと肉の焦げる音がした。先ほど金貸しのヤクザが、死んだジョニーの手の甲にタバコを押しつけた時と同じ匂いが漂った。

「ぐぇ……」

吐き気におそわれ、おいらは黄色い胃液をカルビの大皿にぶちまけた。とんでもない大失態だ。

「何すんのよ、あんた！」

サユリが柳眉《りゅうび》を逆立《さかだ》て、おいらの顔面を無遠慮に拳《こぶし》でなぐった。

みごとな正拳突きだった。鼻の穴からタラタラと鮮血がしたたり落ちる。ヤクザになぐられた時よりずっとダメージがあった。きっと空手の有段者にちがいない。

テーブル上のナプキンで血止めしながら、おいらはくぐもった声で言った。

「すみません、姐さん。隠していたことがあります」

「言ってみな。怒ったり、なぐったりはしないからさ」

「じつは……師匠がほんの数時間前に亡くなったんです」

「何ですって！　なぜそれを早く言わないのよ」

「話を切り出すタイミングがなくて」

「で、ジョニーが死んだ時の様子は」

サユリは焦げたカルビを頬張り、ビールで一気にのど奥へ流しこんだ。

おいらは小声で話した。

「今日の夕方、師匠は体調が悪いといって布団にもぐりこんだんです。そばで見守っていたおいらに、例のキザな笑顔でこう言いました。『ちょっとのどが渇いたからファンタを買ってきてくれ』って」

「ええ。ジョニーはファンタ、ファンタが大好きだったからね」

「最期の言葉は『ファンタ、バッタ味』でした。ご存じのように師匠の持ちネタです。舞台ではあまりうけなかったスけど」

「貧乏くさくて哀れだね。死に水がバッタ味のファンタなんて」

サユリがガハハッと大笑いした。ちらりと見やると、彼女の切れ長の両目からハラハラと大粒の涙がこぼれ落ちていた。

究極の泣き笑いだった。

おいらは、なぐめさるように言った。

「師匠が、いやご遺体がアパートで待ってます。早く行きましょう」

「ちょっと待ってよ。ぜんぶたいらげてから行く」

「えーっ、そんなことって」

「何いってんのさ。いくらジョニーが死んだからといって、悲しみと食欲は別よ」

サユリは次々と大皿を空にし、ビールをぐい飲みした。

ほどなく女の食欲は満たされた。

会計をすませ、焼肉屋を出たおいらたちは家路を急いだ。通りの曲がり角で、先ほどの飲み屋を窓越しにのぞいたが、紙切り与作さんの姿はなかった。

ママチャリを押して、サユリと二人で裏道を行くと木造モルタル塗りの古アパートが見えた。取り壊しが決まっているので、住人はジョニーと与作さんしかいなかった。

あたりは静まりかえっている。

どうやら通夜の客はいないらしい。アパートの玄関扉を押しあけ、一階四号室の戸を開いた。

「どうぞ、姐さんこちらへ」

「毎月あたしが家賃を払ってきたのよ。遠慮なんかしないわ」

「そうスか」

室内に入った二人は同時に大声を出した。

「いない！　どこにもいない！」

ジョニーの死体がマジックショーのように消えていた。畳の上に残っているのはせんべい布団だけだった。サユリがおいらをにらみつけた。

「チョビ、だましたね。ジョニーが死ぬなんてありえないもの。どっかに女でもつくって、死んだフリこいて、あたしから逃げるつもりなんだろ！」

「そんなことありません。ついさっきまで師匠の遺体はここにあったんです」

「じゃ、死体がかってに動きだして、好物のファンタを買いに行ったとでも言うの。例年のようにお正月のゆず湯に入りにいったとでも言うの。あんたもグルなんでしょ」

「あ、そうだ。もしかしたら金貸しのヤクザが借金のカタに師匠の死体を持ち去ったのかもしれません。つるっぱげの中年男でした」

「あの金満組だね」

「そうです。どんつきの赤いビルに事務所をかまえているとかで」

「ちきしょう！　大事な死体を取り返しに行くよ。あんたも付いといで！」

サユリ姐さんは根っからの怒り性らしい。またも美しい両眉がキリリッとつりあがった。

おいらは必死になってひきとめた。

「待ってください。よく考えてみたら、死体を持っていっても邪魔になるだけスよね。

あのあくどい金満一郎がそんなことするはずがない」

「でもさ、内臓《モツ》やなんか外国でけっこう高く売れるっていうじゃない」

「無茶だ。それってブラックジョークですか」

おいらは半笑いした。サユリもつられて笑いだした。

「ジョニーの話は、いつだって荒唐無稽《こうとうむけい》だからね」

「生き方も変幻自在《へんげんじざい》でした」

男女漫才コンビのように、四文字熟語できりかえした。空気を読んだサユリが、さらに定番のテッパンネタをかぶせてきた。

「焼肉定食の世の中だものね」

「それを言うなら弱肉強食」

「チョビ、あんたもけっこうやるね」

「こう見えても、天才ピン芸人《ジョニー・ゲップ》の一番弟子ですから」

「その芸名は、あたしがつけたのよ。ステキだろ。以前は《チャーリー・バハマ》だったんだけど、横顔がジョニー・デップにそっくりだったので。彼ったらすっかりその気になっちゃって」

「たしかに似てましたね。顔だけは」

「そうでしょ。あの謎めいた視線にハマって、あたしも落ちた。貯金もすべてつぎこんだ。それでも足りず、ジョニーの単独ライブショーを開催するために、今じゃドサまわりのストリッパーよ」

おいらは黙りこんだ。

ますます師匠が怪しく思えてきた。一番弟子を借金の保証人にしただけでなく、女房まで裸にして単独ライブをひらいていたのだ。まさしくシザーハンズみたいな血の通わない人造人間だ。

でも、サユリは少しもジョニーを恨んではいなかった。

「チョビ、あんたも見たかい。錦糸町《きんしちょう》でひらいた伝説のお笑いライブ」

「もちろん見ましたよ。あれはすごかった！」

おいらは目を輝かした。

一年前、ピン芸人の《ジョニー・ゲップ》は、生涯でたった一度っきりの豪華なショーを演じきった。客席三百のホールを借りきり、それぞれの演目にあわせて派手な衣装に着替えて舞台上にあらわれた。

けれども、ホールの入場者はわずか十数名。そのうちの二人がおいらとサユリだったらしい。

厚化粧のストリッパーの目もとを見て、ふっと思い出した。

「もしかしたら、あのとき会場の入り口で受付をしていたのは姐さんじゃないスか」

「そうよ。ジョニーを世の中に出すため、会場費と客寄せはあたしが受け持ったの」

「あのときと、ずいぶん印象がちがいますね」

当日の受付嬢は、紺のツーピースを着たひっつめ髪の地味な女だった。だが、目の前にいるサユリ姐さんはサンバの女王みたいに極彩色だった。

「女はね、男しだいで変わるのよ。ショー開催に三百万ほどかかったわ。あのあとストリップの興業主に身をあずけて一年ほど地方回りをしてたの」

「ひどいというか、むごいというか、芸人の妻としてはすばらしい話ですね」

「おだてないでよ」

純情一筋のストリッパーが照れたように笑った。おいらも、あいまいに笑い返した。

こうして向き合う二人は、数少ないジョニーの熱狂的ファンなのだ。彼がとばすシュールなギャグに笑い転げ、あの謎めいた黒い瞳にずんぶりと魅せられた。

しかし、言い換えれば二人はジョニーのカモだったのカモ。今となればそんな気がしてならない。

鏡台上の師匠のケータイが鳴り、おいらは手にとった。

「もしもし、どちら様でしょうか」

「俺だよ、与作だよ。焼き場の方はちゃんと手配したから安心しな」

「ちょっと待ってください。師匠のご遺体が部屋から消えちゃってるんですが」

「病死というか変死だから、いちおう病院に運んで検死しなきゃならねぇんだよ。だから関係者が運んで行ったんだろ。そうに決まってる」

「ですよね。安心しました」

おいらは、ほっと胸をなでおろした。そばにいたサユリに事情を説明すると、彼女もやっと納得してくれた。

与作さんが、酔った声でいった。

「明日の昼過ぎにゃ、ジョニーはお骨になってる。あんちゃんにあずけるから、大事に守ってやんな」

「おいらは一番弟子ですし、そうします」

「それと葬儀料は三十万円だ。あんちゃんが払っときな」

返事も待たず電話は切れた。

サユリが心配そうにきいてきた。

「何て言ってたの？」

「火葬代をふくめ、葬儀の金は三十万ほどかかるそうです」

「最後の最後までお金のかかる人ね。いいわ、あたしがその金を出したげる。地方回りでずいぶんチップを稼いだから」

どんなサービスをして客からチップを稼いだか想像できた。

　愛読しているスポーツ新聞には、そうした事例がいっぱい書かれてある。よからぬ妄想が脳裏をよぎる。おいらはつとめて平静な声で言った。

「姐さん。今夜はどうします」

「ここはあたしが借りた部屋だし、ここに泊るわよ。よかったらあんたも一緒に泊っていいわよ」

「それは……」

　声がのどにひっかかる。スポーツ新聞の連載小説と同じ流れだ。サユリは気にもとめず、三面鏡の前にすわりこんで化粧を落としだした。

「チョビ、あんたもマジックで書いたチョビヒゲを落としなよ」

「はい。そうします」

　コールドクリームを借り、鼻の下に描いたヒゲをふきとった。

　脇を見ると、厚化粧をぬぐったサユリの素顔はまったくの別人だった。

「何をジロジロ見てんのよ」

「だって、女子高生みたいだし」

「おせじが上手いね。やっぱ今夜は泊っていきなよ。正月に根岸界隈でくすぶってるんだし、どうせ帰る家なんかないんだろ」

「ええ、まぁ……」

帰る家はあったが、このまま別れるのはさびしすぎる。死んだジョニーのことをもっともっと二人で語り合いたかった。

サユリがおいらの顔をのぞきこんだ。

「あんただってヒゲを落とすと、ずいぶんと若いじゃないの。弟子入りする前は何をやってたのさ」

「昨年まで渋谷の劇団に入ってました」

おいらは短くこたえた。

察したサユリは、それ以上問い詰めなかった。だれだって、さまざまな事情を抱えて生きている。ありきたりな身の上話なんか素人さんにまかせておけばいい。

すると和製アンジェリーナ・ジョリーが妙に色っぽい視線を送ってきた。喜怒哀楽の落差が激しすぎて本質が見極めきれない。

「あたしはさ、真冬でも寝るときゃいつも裸なんだ。挨拶がわりにいいもん見せたげる」

サユリは営業用の作り笑いを浮かべ、着ている服を一枚ずつ脱いでいった。白く豊かな乳房がむきだしになった。おいらはあわてて目をそらした。

年齢不詳のストリッパーが、あきれたように言った。

「チョビ、あんたまさか童貞なの」

「そうですけど。それがなにか」

「酒も飲まず、タバコも吸わず、おまけに女も知らないなんて！　そんなお笑い芸人、この世にいる？」

「いますよ、目の前に」

おいらは居直るしかなかった。

クスクスと愉快げに笑い、サユリが布団の中に入りこんだ。そして、そばで正座しているおいらに手まねきした。

「ぐずぐずしないで。あんたも早くいらっしゃい」

「では失礼します」

カンカン帽をとり、上着だけ脱いで掛け布団のなかにもぐりこむ。冷えた体がぬくもりに包まれた。それに甘ったるい女の匂いが鼻を刺激する。

それにしても、なんと罰当たりな通夜だろうか！

若い未亡人と布団の中で肌を寄せ合うなんて。これじゃ亡き師匠に顔向けできないよ。おいらはごろりと背を向けた。

「ジョニーもそうだけど、あんたも相当変わってるね。頭が良いんだか、悪いんだかわかりゃしない。ジョニーの追っかけなんて、あんたとあたしだけだよ」

「そうかも知れませんね」

「……良かったら、今夜あたしが〝男〟にしてあげようか。きっとジョニーだって笑ってゆるしてくれるよ」

「遠慮します」

おいらは即座にことわった。師匠が死んだ夜、同じせんべい布団の上で師匠の奥さんを相手に初体験をすますなんてできるわけがない。流行《はや》りのゲス不倫より悪質だ。

サユリが何やらわかった風に言った。

「なるほどね。チョビは純愛が好きなんだ」

「違います！　初恋だの青春だの、そんなヤワな感情は大っきらいです。何度生まれ変わっても同じ人を愛するなんて恥ずかしい。自分の心の痛みばかり叫んでいる連中と一緒にしないでください。前世も来世もあるわけがない。つまんねぇ世の中を笑いとばし、おいらはいっぱしの大人として、芸人として生きたいんスよ」

「ごめん。地雷を踏んだようね」

二人は布団の中で背を向けあったまましばらく黙りこんだ。

おいらは反省した。ふざけまくって生きようと決めていたのに、《純愛》という言葉に激しく反応してしまったのだ。純愛好きの者がジョニーの追っかけをするわけがない。

それはサユリ姐さんも同じだった。

場の雰囲気を変えるため、おいらは一年前のお笑いライブの話をふった。

「あの日のジョニーの七変化は本当にすごかったスね。まずはチョコの香りが漂う《シヨコラ》。続いてかっこいい逃亡劇の《ツーリスト》。貴族の《ドンファン》。女装がとっても可愛かった《アリス・イン・ワンダーランド》。そして説明不可能のドタバタ劇《ラスベガスをやっつけろ》。変人の大金持ちを描いた《チャーリーとチョコレート工場》。カリブの海賊《パイレーツ・オブ・カリビアン》。でも、ラストに演じた《シザーハンズ》は涙が出るほど神がかってましたよね」

話しているうちに興奮し、単独ライブの熱狂が脳裏によみがえってきた。

お笑い芸人ジョニー・ゲップは、本家のジョニー・デップの出演作を、よりパワーアップして舞台上をかけまわった。それぞれの作品を日本に移し変えて演じ分けたのだ。

《シザーハンズ》では、原宿のカリスマ美容師に扮して十本の長いハサミをふりまわした。一人芝居のコントだが、ジョニーの演技は百人力だった。

美容師免許を取得しているので、ハサミさばきも抜群。店の常連客のロングヘアーをバチバチと切りとって、ついには丸坊主にしてしまう。その上、洋服までジョリジョリ切って素っ裸。ハイテンションのジョニーはセリフの継ぎ目に下品なゲップをもらし、そのたびに『ジョニー・ゲップ！』のくすぐりをいれた。

ネタはさらに展開し、店から飛び出したカリスマ美容師は竹下通りを暴走。原宿駅をジャンプしてバク転をくりかえす。ついには明治神宮の樹林をバサバサと切り倒し、ちょうど奉納相撲の土俵入りをしていた横綱白鵬と対戦。相手のマゲをチョキンと切り取り、神社の本殿にうやうやしく奉納した。

客席で観ていたおいらは、ジョニーの熱演にまきこまれ、よだれをたらして笑い転げた。ゲップの狂気は本物のデップよりも激しかった。横綱のマゲを手にとり、ゲップを連発する彼の顔はまさしく暗黒のお笑いキングだった。

そばで寝ているサユリが、懐かしそうに言った。

「あのライブのプロデューサーはあたしなのよ。売れない三流芸人のジョニーを一流にするため、借金を背負《しょ》いこんだ。テレビ局のプロデューサーや劇場主に招待券を送りつけたけど、一人も来なかった。あたしが声をかけて動員できたのは十二人だけ。ちゃんと入場料を払って入ってきた十三番目の客が……」

「おいらだったんですね」

「そう、あんた」

「だから舞台上のジョニーは、こっちばかり見てたんだ」

おいらは胸が熱くなった。芸歴二十年のお笑い芸人は、世間知らずの若造に対して真正面から最高峰の芸を披露《ひろう》してくれたのだ。

あの単独ライブの夜、ジョニー・ゲップを心の底から応援していたのは、サユリ姐さんとおいらだけだった。その二人が、今こうして同じ布団の中にいる。胸の鼓動が速くなる。ひょっとしたら、これは亡き師匠がしかけた天上のハニートラップなのかもしれないな。

感情をおさえ、おいらは何でもなさそうに言った。

「疲れてるし、そろそろ寝ましょうか。灯《あか》りを消しますよ」

「……うん」

サユリがすなおにうなずいた。

おいらは立ち上がって電灯のスイッチを消し、再び布団にもぐりこんだ。

今夜はとても眠れそうもなかった。

第二章　ドンファン

自分でもよくガマンしたと思う。

サユリの抱き枕になったまま、おいらは体を丸めて身動きひとつしなかった。室内に暖房器具がないので、寒さをしのぐには布団の中で抱き合って寝るしかなかったのだ。

甘い女性の体臭にすっかりラリってしまった。

頭がクラクラした。熟睡できず、明け方になってやっと浅い眠りについた。おかげで昼まで寝過ごした。

真上から女の声がふってきた。

「チョビ、いつまで寝てんのよ。早く起きなさい」

「あ、姐さん。すいませんが、服を着てくれませんか」

「気にすることないよ。あたしはぜんぜん寒くないし、ぜんぜん平気だからさ」

全裸のサユリが布団をかたづけながら言った。

古畳に転げ出たおいらは、両手で大げさに顔を覆《おお》った。

「こっちはぜんぜん気になりますよ」

「わかった。あんたがそう言うんなら」

サユリは、しぶしぶ黒いブラジャーとパンティを身につけた。その仕草は、ストリップショーを逆スロー再生するかのようだった。

「これでいいだろ」

「だめ。全部です」

「わかったわよ。チョビは変に純情なんだから」

やはりサユリは着脱のプロだ。今度は早送りのビデオみたいに、すばやく細身のジーンズと毛糸のセーターを身につけた。

身支度をととのえた二人は、照れながら間近でチラチラと互いを見つめた。なんとなくうまく話せない。

「ちょっと顔を洗ってきます」

おいらは部屋を出て、廊下奥にある共同洗面所で洗顔した。冷たい水道水を肌にあびて、やっと頭がすっきりした。

部屋にもどったおいらは、すばやく黒マジックで鼻の下にチョビヒゲを描いた。スッピンでは女性と話しにくい。こっけいなチョビヒゲを付ければ少しは大胆になれる。それはストリッパーのサユリも同じだった。三面鏡の前にすわり、化粧をこってりと厚塗りしはじめた。

これで五分と五分だ。サユリも余裕をとりもどし、いつもの早口で話しだした。

「でもさ、ジョニーが死んだなんてやはり信じられない。だってこの部屋には、まだ彼のオーディコロンの匂いがこもってるもの」

「おいらも同じですよ。目の前でカックンと急死したのが、なんだかコントの一場面みたいで。こうして一夜明けてみると、いまにも師匠が外出先から帰ってきそうです」

「あたしなんか死に目にも会えず、遺体すら見てないんだよ。あんたの言葉を信じて待ってるだけ」

サユリが、また疑わしそうにおいらを見た。

返す言葉もない。未亡人となった彼女は、状況が飲み込めないまま安アパートで待機しているのだ。

昼過ぎになっても与作さんから連絡はなかった。

しびれを切らしたサユリが眉根を寄せて立ち上がった。

「これ以上待ってらんない。チョビ、出かけるよ」

「どこ行くんスか」

「決まってるだろ。紙切り与作が出演してる浅草演芸ホールさ」

「あっ、そうでしたね。昨晩《ゆうべ》はアパートに帰ってこなかったけど、本業の寄席を休むことはないでしょうし」

おいらはバッグを肩にかけ、カンカン帽をかぶった。部屋の鍵はサユリに手渡した。家賃を払ってきたのは彼女だし、入籍はともかく師匠の奥さんなのだ。

一足先に古アパートをでた。運悪く表通りでパンチパーマのチンピラと出っくわした。

太っちょのチンピラが、獲物をみつけたハイエナのように前をふさいだ。

「あんちゃん、いいところで出会ったな。今日は利子だけでも払ってもらおうか」

やはりヤクザはどこまでいってもヤクザだ。昨日、月末清算と言ったはずなのに翌日に取り立てにくる。それが金貸しの本質なのだろう。

「すいません。これしかないんスけど」

ヤクザコントは好きだが、本物の暴力は苦手だ。

なぐられたくなかったので、おいらはズボンのポケットからしわくちゃの千円札を取り出してチンピラに捧げた。

「こんなはした金！　ま、もらっとくか。受け取りの判子《はんこ》がわりだ、くらえ！」

なぐられはしなかったが、思いっきり尻を蹴っとばされた。ヤクザの黒靴は凶器のように先がとがっていた。

「イテテッ」

おいらの情けない悲鳴を聞きつけ、サユリ姐さんが現場に走りこんできた。

「アンタッ、なにやってんのよ！　あたしの可愛い弟分に手を出したらただじゃ済まないわよ」

「姐さん、手だししないでください。これはおいらと金満組との問題ですから」

「どうゆうことなの」

サユリが拳をふりあげたまま小首をかしげた。

すると太っちょのチンピラがせせら笑った。

「教えてやる。こいつの師匠には二百万の貸しがあるんだ。弟子が肩代わりするのは当たり前だろ」

「チョビ、なんでそのことをあたしに伝えてくれなかったのよ」

「ジョニーが、いや師匠が一番大事なことは一番最後に言えって」

おいらは小声で弁明した。

ジョニーの借金のことをサユリ姐さんには知らせたくなかった。自分ひとりで解決するつもりだった。

お笑い好きのサユリが、ジョニーにほれこんでストリッパーに身を落とし、単独ライブ費用をつくったように、おいらも二百万円を工面《くめん》したかった。どうやら心の底で、亡き師匠をどちらが本気で肩入れしてたかを競っているのかもしれない。

太っちょが、調子にのってサユリの肩に手をふれた。

「けっこういい体してんじゃんかよ」

「アチョゥーッ！」

突如《とつじょ》、ブルース・リーみたいな奇声が響く。

サユリ姐さんの正拳突きが見事に決まった。太っちょの顔面がひしゃげる。さらにだぶついた横っ腹に回し蹴りをズンッとめりこませた。

「ぐほっ」

太っちょが顔をしかめて歩道に倒れこみ、芋虫みたいに這《は》いずった。

デブを見下ろすサユリ姐さんの立ち姿は、圧倒的にかっこよくて、まさに《トゥームレイダー》のヒロイン、アンジェリーナ・ジョリーそのものだった。

「弱っちいヤクザだね。いくよ、チョビ」

「はい、姐さん」

おいらは、ひょこひょこと彼女の後について行った。ストリッパーよりも女格闘家のほうがよっぽど似合ってると思った。

サユリが事務的な口調で言った。

「で、二百万の返済の期日は」

「期日は過ぎてます。借用書には一月四日と記されてました。つまり師匠は死んじまって借金を踏み倒したってことなのかな」

「ふふっ、ジョニーらしいキテレツな手口だね」

「おいらが保証人ですから、きっちりとおいらが返済します」

「そんなことはあたしがゆるさないよ。死んだ亭主の尻ぬぐいは、残された女房がするのが道理ってもんさ」

正妻きどりの内妻がまたも張り合ってきた。

落ち着いて考えてみれば、おいらたち二人は完全にイカれてるよね。多額の借金返済を自分がすると主張し、むやみに口をとがらせてるんだから。

ある意味、こんなに幸せな故人はいない。

生前のジョニーは折り紙つきの小悪党だが、いまとなれば懐かしのヒーローにまで昇華していた。

「姐さん、その件はあとで詰めましょうよ。いまは後見人の与作さんをつかまえることが先決です」

「そうだね。でも先に言っとくけど、あたしはぜったいにゆずらないよ」

いつも強気なサユリが、おいらをにらみつけた。

言問《こととい》通りまで出て、タクシーをひろった。二キロほど走り、ひさご通りのアーケード前で降りた。

正月なのに人出は少ない。

浅草の街はさびれきっていた。通りを歩いているのは、着ぶくれた中年男たちばかりだった。場外馬券場が近くにあるので、小額の金をにぎりしめてやって来ていた。隅田川越しの上空に東京スカイツリーが望見できる。しかし下界の浅草には観光客や着飾った娘たちはどこにもいない。

この街は行き場のない中年男たちのパラダイスなのだ。千円札一枚で安酒が飲め、馬券も買える。うらぶれた雰囲気が、おいらはたまらなく好きだった。

九年間通っていた劇団が渋谷にあり、バカっぽいギャルたちの群れは見飽きている。あの生命力に満ち満ちた若者らの笑顔が大嫌いだった。

どうせおいらはスネ者だ。

季節はずれのカンカン帽を横っちょにかぶり、小便くさい横丁を背中をまるめてひょこひょこ歩いていくのさ。

そして連れは喧嘩っ早い純情ストリッパー。二人をかたく結びつけているのは、まぎれもなく天才ピン芸人のジョニー・ゲップだ。こんなに阿呆《アホ》らしくて、また痛快な道行《みちゆき》はないだろう。

サユリが女子高生みたいに軽やかな口調で言った。

「ねぇ、なんか食べていこうよ」

「ソース系が食いたいスね」

「あたしはチョコバナナがいい」

「じゃ、ソース味のチョコバナナで」

「それも言うなら、バッタ味だろ。カッハハ」

屋台店でチョコバナナを二本買いこみ、おいらたちは表面のチョコレートをなめながら六区ブロードウェイを歩いていく。

左方に目をやると、洋物ピンク映画の三本立てが上映されていた。

「ごらんよ、ジョニー・デップの《ドンファン》をやってるじゃん」

サユリが映画の看板を指さした。

高名な女たらしの色男が主人公なので、お正月の洋ピン三本立てに古い名画がまぎれこんだらしい。

おいらは大げさに吐息した。

「ひどいスね。場末の映画館じゃ名優のジョニー・デップもかたなしだ」

「でもさ、うちのジョニーもドンファンに負けないぐらいの色事師だったもんね。あたしのほかにもいっぱい彼女がいたみたい」

「いや、サユリ姐さんは特等スよ」

「そうね。たっぷり貢《みつ》いだもの」

どこかしら自慢げな表情だった。

ブロードウェイを直進すると、右側にヌードシアターのロック座が見えた。サユリが思い出したように言った。

「あたし、今月の十日からロック座に出演するの。チョビ、前売りチケットをあげるから観《み》においでよ」

「遠慮します」

おいらは、そっけなくこたえた。

サユリが肘《ひじ》で小突いた。

「どうゆうことなの。酒もタバコも女もやらず、ついにはあたしのヌードまで敬遠するなんて！　まったくあきれちまうよ、変人というより奇人だね。さすがジョニーが見込んだだけのことはある」

「師匠は別格です。だれも太刀打ちできません。あのデタラメぶりは最高。おいらなんか足元にもおよばないっスよ」

「あたしも性悪なお笑い芸人にハマって三年。どんなにだまされても、金をむしりとられてもなぜか充実してたわ。あんたなんかまだ軽傷よ」

「こうゆうのってオタクの一種かもしれないスね」

「そう、本物のオタクはね、秋葉原じゃなくてこうして浅草を歩いてんだよ。あんたとあたしみたいに」

「そうかもしれません」

おいらは、こっくりとうなずいた。こんな風にたがいに傷をなめあっていると、すごく心地よい。

通りすがりの安サラリーマンが、サユリを冷やかした。

「おねえちゃん、チョコバナナがうまそうだな」

「ロック座に出るから、金を払って観においで。もっと良いものみせたげる」

サユリ姐さんが笑って言い返した。

「おう、かならず拝みにいくぜ」

ほろ酔いかげんの中年男が上機嫌にこたえた。

おいらは、ほっと胸をなでおろした。

「よかった。また相手をぶんなぐるのかと心配してたんです」

「カタギさんにゃ手を出さないわよ。こう見えてもあたしは東日本の女子空手チャンピオンだったんだから」

「やはり、そうだったんスか。ただ者ではないと思ってました」

「あんただって、かなりいけてるよ。超マイナーなジョニーに目をつけるなんて、笑いのセンスが光ってる」

たがいにほめ合っていると気分が良い。

「姐さん。甘ったるいチョコバナナを食ったら、こんどは塩っからいものが欲しくなりますね。どうしましょう」

「ジョニーに似て、あんたもおねだり上手だね」

純情ストリッパーの財布のヒモはどこまでもゆるい。サユリが角地の出店で浅草名物の堅焼きセンベイを買いこんだ。

もらった分厚いセンベイにかぶりつく。思っていた以上に手ごわくて堅固だった。

「かてぇや……」

まったく歯が立たない。けれども、健全な前歯を有するサユリは豪快にバリバリと堅焼きセンベイをかみ砕いていった。

サユリが六区通りに建てられた三十本ほどの街燈に目をやった。

その一本ずつに、浅草で活躍した喜劇役者のプレートがかざられていた。お笑い芸人オタクの元女子空手チャンピオンが、街燈の下を通りぬけながら名前を読みあげていく。

「エノケンにロッパ。シミキンにデン助。伴淳《ばんじゅん》に由利徹《ゆりとおる》。みんな浅草の芝居小屋で笑いをとってたんだよ」

「ごめんなさい。おいらは一人も知らないんスけど」

「昭和の話だし、もう全員死んでるからね」

「サユリ姐さんは、かれらの舞台をナマで観たんですよね」

「あたしをいくつだと思ってるの！　まだ二十三歳なんだから」

「まさか、そんな」

おいらは横合いからサユリの顔をのぞきこんだ。

厚化粧の下に若い素顔がすけている。

女性の実年齢は判断がつかない。師匠だけでなく、内妻のサユリ姐さんについても、おいらは何一つ知らないのだ。それなのに、まるで初詣《はつもうで》の若いカップルみたいに浅草の街を仲良く二人で歩いている。

さすがに二人の手は流行《はや》りの恋人つなぎじゃないけどね。

サユリが立ちどまり、街燈にかかげられたプレートを早口で読みはじめた。

「アズマハチロー。昭和十一年浅草生まれ。本名、とびたぎいち。二十九年、オペラ歌手のタヤリキゾーに師事。コメディアンを志し、三十年に浅草フランス座でせりふのない通行人役で初舞台。三十五年、ＴＢＳの『チンパン・タイコウキ』の主役にバッテキ。四十年、コジマサンジ・ハラダケンジと《トリオ・スカイライン》を結成。

四十四年に次男タカヒロ誕生。六十四年、ボッッ」

一気に読みおえたサユリは、ふぅーと息つぎをした。

写真の東八郎は、ぽっちゃりした丸顔の好人物だった。その左下には、おいらの知っている漫才師がカットインされている。

「これって、アズマックスじゃないスか！　つまりTake2の東貴博《あずまたかひろ》は、東八郎の息子だったんですね」

「オヤジさんのほうが百倍おもしろかったけど」

お笑いオタクのサユリが、フフンと自慢げに鼻を鳴らした。実物を見たこともないくせに、彼女はどこまでも強気だった。

「ほら、ごらん。渥美清《あつみきよし》も萩本欽一《はぎもときんいち》も浅草出身なんだよ。しかも欽ちゃんは東八郎の弟子筋で、その恩義にむくいるため貴博をひきとって芸能界入りさせたの。それが浅草人情ってもんさ」

「すごいスね、姐さんの歴史的な芸能情報は。とてもおいらはかなわない。ちょっとメモしていいですか」

おいらはネタ帳をバッグからとりだし、『東八郎は息子より百倍おもしろい！』と書きこんだ。

サユリがズバリと言った。

「あんたが自慢げに使ってる『おいら』っていう一人称も、きっちり世界の北野武をマネてんだろ」

「図星です」

「ほらね、あたしは何だってお見通しなんだよ」

彼女の鼻が一センチは高くなった。

おいらはいさぎよく敗北宣言をした。

「ずっと姐さんについていきます」

「でも、何と言っても出世頭《しゅっせがしら》はビートたけしだよね。うちのジョニーもあと一歩で頂点まで行けたのに……」

「ええ。一年前の錦糸町の単独ライブが師匠のピークでしたね」

一日たったが、よけいに現実感は薄まるばかりだった。

死因もはっきりしていなかった。ひょっとしたら、運びこまれた病院で生き返ったような気もしてくる。

駄弁に興じながらブロードウェイを抜けた。通りをへだてた正面に浅草演芸ホールがあった。出演者の看板を見ると、たしかに《紙切り与作》の名がのっている。

「やっぱり与作さんは出演してますね」

「あたしがかけあうよ」

サユリが気軽に言って、演芸ホールのもぎりのおじさんに声をかけた。

「身内の者ですけど、与作さんを呼びだしてくれませんか」

「ちょうど出番も終わったとこだし。ちょっと待ってな」

丸メガネのおじさんがあっさりうけおった。

数分もしないうちに、赤ら顔の紙切り芸人がふらふらと通りに出てきた。昨晩は相当に飲んだらしく酒臭かった。

おいらの方を見て、バツが悪そうに言った。

「すまねぇ、あんちゃん。すっかり待たせちまったな。弔《とむら》い酒に身をまかせ、飲み屋で酔いつぶれてこのザマだ。でも長年きたえたハサミさばきはダテじゃねぇぜ。ちゃんと高座をつとめて、客から注文されためでてぇ鶴と亀をばっさばっさと切りぬいた。ところで用件はなんだっけ」

怒る気にはなれない。おいらは笑ってうなずいた。紙切り与作もまた、世に受け入れられない老齢のシザーハンズなのだ。

「与作さん、ごきげんで何よりです。師匠のお骨の件はどうなってますか」

「おう、そうだった。ジョニーは生活保護をうけてたから、区役所のほうで町屋の火葬場を手配してくれたよ。そろそろ焼きあがってるころじゃないかな」

横合いから内妻のサユリが口をはさんできた。どうやら与作さんとは不仲らしい。

「なにが弔い酒だよ。で、病名というか死因は何だったの。というより、ホントにうちのジョニーは死んだのかい」

「ええっと、あんた、誰だっけ」

「すっとぼけンじゃないよ。ジョニーの女房のサユリだよ」

「何番目の？」

「まったく失礼なジジィだね！　なんで死んじゃったか聞いてんだよ」

「言ってみりゃ、孤独死かな」

「気どってんじゃないわよ。こうして女房も弟子もいるだろ」

サユリ姐さんは猛烈に怒っていた。

たしかに女房持ちの男の死は《孤独死》とは呼ばれない。

けれども与作さんの言葉にも一理ある。じっさい師匠は、どうしようもないくらい孤独だった。借金まみれで、本当の友人など一人もいなかった。

言ってみれば、与作さんも隣室の芸人仲間にすぎないのだ。葬儀の段取りはつけてくれたが、香典一つ差しだしてはいない。それどころか弟子のおいらから万札をまきあげ、さらには三十万の大金まで要求してきている。

ピン芸人《ジョニー・ゲップ》の死を聞いて、心底悲しんでいるのは内妻のサユリと弟子のおいらのみだ。

だれ一人として通夜にやってこなかった。やってきたのは、こわもての《トリオ・ザ・ヤクザ》の借金とりだけだ。だけど、だれもうらむ気にはなれない。ダントツで悪いのは師匠のジョニーなのだから。

おいらは、酔い痴《し》れた紙切り芸人にやさしく声をかけた。

「与作さん。もう一度聞きますけど、お医者さんは何とおっしゃってたんですか」

「ポックリ病かな。一応病名は心筋梗塞《しんきんこうそく》だけど、詳《くわ》しいことはわからねぇよ。あんちゃん、劇場裏の駐輪場にジョニーの自転車があるから、これから一緒に骨を拾いにいこうぜ。おっと、その前に葬儀の金はできたかい」

サユリが舌打ちし、バッグの中から現金入りの封筒を取り出した。

「強欲ジジィめ。たしかに三十万渡したよ」

封筒を無造作《むぞうさ》にジャンパーのポッケにねじこみ、与作さんがアゴをしゃくった。

「あんちゃん、行くぜ」

「……はい」

ついていくしかなかった。火葬の段どりはすべて彼がしきっているのだ。師匠のお骨を受け取るまでは、アル中の酔っぱらいに従うしかない。

サユリ姐さんが、いまいましげに言った。

「チッ、ゆだんならないジジィだね。しかたないわ。チョビ、あんたにまかせるよ。

あたしは根岸のアパートで待ってる」

「わかりました、姐さん。夕方までには帰ります」

「ジジィに逃げられないようにしな。ちゃんとジョニーのお骨を持って帰っておいで。それがあんたの使命だよ」

「イエッサー」

おいらはおどけて敬礼してみせた。

与作さんについて駐輪場まで行くと、例の金歯をギラリと光らせて笑った。

「あんちゃん、うまくやったな。内妻を呼びだして三十万せびるなんて、けっこうやるじゃないか。さすがに女たらしのジョニーの一番弟子だ」

「いや、サユリ姐さんは偶然帰ってきたんスよ。きっと死んだ師匠の霊魂が呼び寄せたんでしょうね」

「きれいごとはよしな。もしそうだとしたら、昨夜は百人くらいの女が根岸のアパートに集結したろうぜ」

「そんなに！」

まさにジョニーは《ドンファン》だった。

与作さんが、ずるそうな視線であたりをうかがった。そして、封筒の中から万札を二枚だけ抜きとった。

「昨日借りた一万円と手数料の一万円。あわせて二万円だ。これはあんちゃんの取り分だから遠慮なく受けとんな」

「ひどいスよ。この金は火葬代でしょ」

「芸人にとって身内の葬式はかせぎ時なんだよ。なんだかんだで無用な出費がある。死んだジョニーだって見逃してくれるさ」

「では、借した分だけ返してもらいます」

共犯者になりたくなかったので、しぶしぶ一万円だけ受け取った。

「そうかい、だったらそうしな」

初老の紙切り芸人はあっさりと話をうちきった。

角刈りの容貌は、腕のいい植木職人みたいで憎めない。どんなに金に汚くても、おいらは大好きだった。

与作さんには男の愛嬌があった。

紙切り芸人は地味なのでギャラも安い。四十年以上のキャリアがあるのに、今も独身で安アパート暮らしだった。

芸人オタクのサユリが言ったように、髪切り与作もやはり『行く末哀れがサイコー！』を型どおり実践しているらしい。

与作さんは流行《はや》りのマウンテンバイクにまたがり、おいらには赤さびたボロ自転車があてがわれた。ボロチャリには鍵さえついていなかった。

「ジョニーが使ってたチャリだよ。スクラップだけど近くの町屋までぐらいなら走れるだろう。おれの後をついてきな」

「ゆっくり行ってください。今にもパンクしそうだし」

「よっし、抜け道を行くぜ」

与作さんは妙にはりきっていた。

三十万の大金を持っているので上機嫌だった。六区ブロードウェイをマウンテンバイクでぶっとばした。

おいらは、スクラップ同然のボロチャリを必死にこいで後を追った。国際通りを直進して三ノ輪の交差点までくると、与作さんが急停車した。

「ちょっと飲み屋のつけを払ってくるから、ここで待ってな」

角地の店に入った与作さんは、支払いを済ませてすぐに出てきた。

「次は南千住の店に寄るぜ」

「なにやってるんスか。そのお金は火葬代でしょ」

「死んだ者より、生きてる人間の生活のほうが大事だぜ」

おいらの忠告を無視して、マウンテンバイクは南千住の方向へむかった。その途中で与作さんは何度も停車し、これまでためていた飲み屋のツケを支払っていった。

封筒がみるみる薄くなり、それに正比例して自転車のスピードも落ちてくる。南千住を走り抜け、目的地の町屋火葬場にたどりついた時には、持ち金は半分くらいにへっていた。

「与作さん、本当に大丈夫スか。師匠のお骨はちゃんともらえるんでしょうね」

「まかせときなって。そこの噴水の前で待ってろ。すぐに戻ってくっから」

「金を持ったまま逃げないでくださいよ」

「へっへ、どうなることやら……」

わざと悪党づらを作って紙切り芸人は斎場へ入っていった。

町屋の火葬場は、草野球のグラウンドくらいの広さがあった。敷地内には噴水がしぶきをあげ、駐車場には数十台の車が停車している。

喪服姿の男女がひっきりなしに行きかう。横手を見ると、京成電車が高架線路の上をのろのろと走っていく。町屋駅を出発したばかりなので、スピードを出しきれないらしい。

二十分ほどすると、与作さんが事務所から出てきた。大事そうにかかえた骨壺は紫色の布に包まれている。

そばで見ると、片手で持てるほど小ぶりだった。

「ほれ、ジョニーのお骨だ」

「こんなにちっちゃいんですか」

「奴は小柄だしな。それに関西風に焼く時はたっぷり骨を残すが、関東風は薄焼きだ」

「お好み焼きじゃあるまいし」

「特別注文だよ。持ち運びに便利なように、仏さんのノドボトケの骨だけを残して、あとは全部焼ききってもらったのさ」

「えっ、喉仏が入ってるんスか」

「そうさ、よかったら壺の中を開けてみろよ。喉仏の骨はちゃんと小さな仏様《ほとけさま》の形をしてる。かわいいもんさ」

「見なくてもいいです」

「ほんとに見なくていいのかい」

紙切り芸人が変に念押ししてきた。

「あの痛快な師匠がこんなに軽くなっちゃって。悲しくて見られるわけがないスよ」

「だったら、お骨はあんちゃんにあずけるから大切にしな」

「大切にって言われても……こまりますよ。お墓だってないし」

おいらは眉《まゆ》をしかめた。

与作さんが当たり前みたいに言った。

「一番弟子のお前さんが、師匠の墓を建てれば良いじゃないか」

「費用はどのくらいかかりますか」

「安く見積もって、ざっと三百万かな」

「高《たけ》ぇ……」

「墓所と墓石をふくめりゃ安いもんさ。よかったら、俺が知り合いの墓石屋に口をきいてやってもいいぜ、五十万はねぎれるし」

まったく無責任な口調だった。

この上、まだ金をふんだくる魂胆《こんたん》らしい。行く末哀れの紙切り芸人を、おいらは少し嫌いになった。

「結構です。おいらの方でなんとかしますから」

「そうかい。こまったことがあったら、いつでも相談に来な」

こまっても二度と行かないよ。おいらは心のうちで反発した。

なんとも怪しげな師匠の知人らの中で、いまのところ信頼できる人物は純情ストリッパーのサユリ姐さんだけだった。

それにしてもひどい状況だ。墓を建てるには金がかかる。金満組にかりた二百万と合わせると五百万円にもなる。怪しいピン芸人のもとへ弟子入りしたおかげで、なぐられ蹴られ、多額の借金まで背負わされた。

与作さんがマウンテンバイクにまたがった。

「ここに入れとくぜ。あばよ」

チャリの前カゴに骨壺を移し、与作さんは急発進した。そして、ツール・ド・フランスの山下りのチャンピオンみたいに猛スピードで走り去った。

とり残されたおいらは、茫然《ぼうぜん》と前カゴの骨壺をながめやった。

そして、途方に暮れてつぶやいた。

「師匠、あんたって人は……」

骨壺を手にとって軽く振ってみると、カラコロ、カラコロと小気味よく鳴った。師匠の得意なタップダンスみたいに軽快な音だった。

ふいに涙があふれてきた。

「……ジョニーが、ジョニー・ゲップが踊ってる」

噴水の前で骨壺をリズミカルにふり、おいらは泣きながら踊りつづけた。

第三章　チャーリーとチョコレート工場

師匠の骨壺を枕元に置き、おいらは一人で夜を明かした。

結局、隣室の与作さんも内妻のサユリも帰宅しなかった。冷静に考えてみたら、火葬代をくすねた紙切り芸人よりサユリのほうが怪しい。亭主が死んだ日に偶然東京に舞いもどってくるなんて都合がよすぎる。

内妻がどうかも疑わしかった。しかし、ジョニーの熱烈なファンであることはまちがいなかった。そしてサユリのお笑いに関する知識は、おいらより数段上だった。

おいらは破れ布団から抜けでた。衣服を整え、きちんと古畳の上に正座して師匠の遺骨にしばし両手を合わせた。

「おはようございます。今日も無事でありますように」

急死した故人に無事を願ってもしかたがない。

じっさい正月から災難つづきだった。お骨となったジョニーは、もちろん何も答えてはくれなかった。

一晩一緒に過ごしたせいか、おいらは師匠の骨壺に愛着を抱きはじめていた。ずっと身近に置いておきたかった。

本来なら内妻のサユリが持っているべきものだが、今は移り気な彼女に渡したくなかった。芸人仲間の与作さんも、サユリより一番弟子のおいらのほうを信頼して遺骨をあずけてくれたのだ。

だが、火葬代の三十万を支払ったのはサユリ姐さんだ。やはり、お骨の所有権は彼女にあるのかもしれない。

ぼんやり考えながら洗顔をすませ、いつものように黒マジックでチョビヒゲを描いた。鼻の下に間抜けなヒゲがあると、サッと気分が切りかわる。

行動も大胆になって、芸人らしい口調で話せるのだった。

三面鏡の前で変顔の研究をしていると、背後のドアがズバンッと開いた。

鏡に映ったのは、サユリ姐さんではなく、つるっぱげのヤクザだった。おいらは振り返って身がまえた。

「なぐりこみスかッ」

すると、金満一郎がずかずかと入室してきた。

「そんなわけないだろう。俺ひとりだから安心しな。ちょっと話し合いに来たんだ。

あんちゃんの手を借りたくてな」

「いったい何の話です」

「これは手土産だ。食いながら話そう」

そう言ってサンドイッチを二箱差し出した。

一箱開けてみると、うまそうなカツサンドだった。非情な金貸しの表情は、いつになくおだやかだ。

「どういう風の吹き回しですか」

「昨日、うちの若い衆が女ヤクザにのされちまってな。すっかり自信を喪失し、足を洗って故郷の福島へ帰っちまった」

「それって、太ったパンチパーマの」

「二年も面倒みてやったのに、役に立たない野郎だったぜ。最近ヤクザ稼業も人手不足でな。新しく組に入って修業しようなんて若者はいねぇんだ」

「まさかおいらをスカウトに……」

「そのまさかさ。昨日の一件もあんちゃんがからんでるしな。最初は電話番でもいいからよ、組の仕事を手伝ってくれねぇか」

いかにも人の善さそうな顔をして金満がすり寄ってきた。

おいらは後ずさった。

「ヤクザの仕事なんか手伝えませんよ」

「だから、電話番でいいって言ってるだろ。あんちゃんがせおってる二百万、ぜんぶ帳消しにしてやってもいいんだぜ」

「本当スか」

「度胸のよさにほれたんだ。それに師匠思いのところも気に入った。きっと立派な極《ご》道《どう》になれるよ」

「そんなにほめられても……」

まごつくばかりだった。

これまでケンカで勝ったこともないし、いつもなぐられてばかりだ。争い事は好きではなかった。声高に言い争うより笑い合っているほうが数倍楽しい。

ふざけまくってじゃれ合うのが性にあっている。

目を血走らせ、すぐに暴力をふるうヤクザ稼業は縁遠い。そんな危険地帯は五百マイルも彼方にある。

金満が持参したコーヒー缶をさしだした。

「さ、飲みな。カツサンドも食いな」

こわもての組長は目じりをさげ、サービス満点だった。凄腕のスカウトマンは、なんとしても裏社会に引きこみたいらしい。

おいらはカツサンドを頰ばりながら言った。

「二百万のことですけど、ほんとに帳消しにしてもらえるんスか」

「もちろんだ。でも、すぐって訳にはいかないぜ。最初はきっちり時給千円の電話番から始めてもらう。だから借金はへる一方だ」

「でも、それだったら全額返済するのに何年もかかっちゃう」

「よし。時給、千二百円だ！」

「危険手当をふくめて千五百円で」

「中をとって千三百五十円！」

ケチな金貸しがぎりぎりの金額を提示した。

「顔に似合わず、ずいぶんとこまかいスね」

「そうでなくっちゃヤミ金はつとまらない。こうなったらイヤとは言わせねぇぜ。あんちゃん、どうする」

笑みが消え、やはり最後は脅迫まがいの表情で迫ってきた。

めっぽう脅しに弱いおいらは、こっくりとうなずいた。それにアルバイトの値段としては悪くない。

「じゃあ、週明けから事務所へうかがうことにします。ただし、夕方四時から八時までにしてください」

「よし、それで決まりだ。仲良くやろうぜ」

おいらの出した条件を、金満は鷹揚《おうよう》に受け入れた。

極道の世界も相当に人材不足らしい。虚弱体質のおいらにまで声をかけるとは先が見えている。

「ごちそうさまでした。週明けにはかならず組に顔を出しますから」

早く帰ってほしかったので、こちらから先手をうった。

いったん帰りかけた金満が、めざとく師匠の骨壺を見つけた。

「これってジョニーのお骨かい」

「はい、そうですけど」

「社会のクズだが、なんだか憎めない奴だったよな」

いいえ、社会のクズはあんたでしょうが。そうツッコミたかったが、この場は安全策をとった。

「おいらにとっては最高の師匠でした」

それは本心だった。

金にルーズだし、言動も無茶苦茶だが、一緒にいてこれほど楽しい人物もいない。なによりもシュールで謎めいているところが好ましい。

「で、どこの墓に納骨するんだ？」

「いや、それが……親戚もいないらしくて」

「うちの組で金を借りたとき、本籍は田園調布となってた。大田区に行って戸籍を洗ってみたらどうだ」

妙案だと思った。

さすが強欲な金貸しは目のつけどころがちがう。もし親戚がいるのなら、その人に骨壺を渡すのが筋なのかもしれない。

「組長、ご意見ありがとうございます」

「まだ組長と呼ぶのは早いぜ。くぉほっほっほ、じゃあ、あんちゃん。月曜に事務所で待ってるよ」

善人めいた笑みを浮かべ、評判の悪人は機嫌よく部屋を出て行った。

入れちがうようにして、サユリ姐さんが帰ってきた。

「いまそこでハゲのヤクザとすれちがったけど、何かひどいことされなかったろうね」

「ちゃんと話はつけました。金満組の電話番をすることに」

「それって組員になるってこと」

「いや、バイトですから」

「ヤクザの事務所でバイトって、ありえないでしょうが！」

サユリの眉がまたもつり上がった。

おいらはあわてて弁明した。

「二百万の借金のこともあって、誘いを断りきれなかったんスよ。それに相手は人手不足だそうで。折り合いをつけたんです」

「お金のことはあたしが工面するって！　チョビ、何度いったらわかるんだい」

「すいません、でしゃばったマネをして。でも、姐さんは昨晩どこへ行ってたんスか」

さりげなく逆襲した。

サユリの目が宙に泳いだ。女たちが嘘をつくときの視線だ。

「そうそう、演芸ホールで別れたあと、あたしロック座に挨拶に行ったんだよ。顔なじみのロシアンダンサーと会ってさ、ロシア料理屋へ食事に行き、ウォッカを飲みすぎて彼女のマンションに泊ったの」

「なるほど。それって全部ウソですよね。だって昨日ロック座に出演してたのはＡＶ女優ばかりだったし」

「あんたって物覚えがいいわね。ごめん、あのジジィに三十万渡したのでお金が無くなっちゃったんだ。でさぁ、ちょっとバイトを」

それ以上は聞けなかった。

ヤクザの組のバイトより、ずっと危険で怪しいバイトにちがいない。苦労知らずの若造が、女性の誇りを傷つけてはいけないと思った。

おいらは、骨壺を差しだして話を切り替えた。

「はい、どうぞ。無事に師匠の遺骨はゲットしました。いろいろ考えたんですが、やはりこのお骨は血のつながった親戚の人に預けたほうが良いんじゃないかと思うんスけど」

「そうかもね。でも、彼の親族っているのかしら」

「本籍はわかってます。履歴書や借用書にも書いてあったけど、大田区田園調布にまちがいありません。よかったら二人で調べに行きませんか」

「ちょっと手持ちの金が無いんだけど」

サユリ姐さんが面目なさそうに言った。

昨晩のバイトは上手くいかなかったらしい。おいらはわざと明るい声を出した。

「チャリが二台あるし、それに乗って田園調布までサイクリングしましょう」

「うん、それが良いね」

なぐり屋サユリが純な子供みたいにはしゃいだ。

おいらはお骨を横抱きにしてアパートを出た。サユリも鼻歌を歌いながらついてきた。

愛車のママチャリを彼女にゆずり、おいらは師匠が乗っていたスクラップ寸前のボロチャリにまたがった。

チャリの前カゴに師匠の骨壺をすっぽりと入れた。

「出発進行！」

「感心するよ。チョビ、あんたはいつだって笑顔だね」

「それだけが取り柄《え》です」

「何の悩みもなさそうだし。うらやましいよ」

「まじめに生きないって決めてマスカラ。悩みなんてひとっかけらも無いスよ。姐さんのマスカラもけっこう濃いスね」

「くっだらない。さ、行くよ」

真冬の街を、おいらたち二人は自転車をならべて走りだす。

根岸の小路を抜け出てスピードをあげると、チャリの前カゴにのせた骨壺がカランコロンと鳴った。

そばを走るサユリが笑った。

「二人っきりかと思ってたけど、ジョニーも一緒なんだね」

「ええ、三人旅です」

「なんだか親戚に渡すのが惜しくなってきた。ずっとお骨をそばに置いていたいよ。チョビ、そう思わないかい」

「姐さんが持っておくってことスか」

「もちろん、そうさ」

「だったら反対します。おいらだって師匠のお骨が欲しい。取り合いになって姐さんとケンカするのがイヤだから、こうして親族の墓へ納骨しようとしてるんスよ」

口をとんがらせると、サユリ姐さんがしんみりと言った。

「ジョニーも果報者だね。お骨を取り合いしてもらえるなんて」

「あっ、そこの陸橋を上がっていきましょう。田園調布までは遠いし、上野公園内で腹ごしらえを」

「じつは徹夜マージャンで負けて、電車代どころか昼メシ代もないんだよ」

「大丈夫。さっきヤクザの組長からの差し入れがありましたから。一箱残ってます」

「やるねぇ、チョビ。悪どい金貸しからブツをせしめるなんて」

山手線をまたぐ寛永橋《かんえいばし》をこえ、上野桜木町から公園内へ入った。まだ冬休み中なので多くの家族連れが上野動物園へぞろぞろと歩いている。

小高い丘上にある西郷さんの銅像前まで走りこむ。近くのベンチがあいていた。二台のチャリをとめてならんですわった。

「さっ、ランチにしましょうか」

おいらは肩かけバッグに入れていたカツサンドの残りをとりだし、サユリと分け合って食べた。

バクチで負けて帰った彼女がしみじみと言った。

「まい泉《せん》のヒレカツサンドか。ヤクザは良い物食ってるね」

「ええ、売れないお笑い芸人たちはカップラーメンがごちそうですし」

「でもジョニーはちがってたよ。女房を質に入れても、浅草の大黒屋で大エビ三本がのった上天丼を食べてた」

「あんなに自分ばっかりかわいがる人はいませんでしたね。弟子に借金を押しつけ、サユリ姐さんに金の苦労をさせて」

「そうだ、思い出した。近くの湯島にジョニーが昔コンビを組んでいた漫才師の《モンダ》がいるわ」

「えーッ、師匠は漫才もやってたんスか」

「そう、《ドンナ》という芸名でさ、《ドンナモンダ》の時事漫才」

芸名を聞いただけでも、センスのなさがわかった。きっと売れない漫才コンビだったにちがいない。

サユリがベンチから腰をあげた。

「どうせ道順だし、モンダのところへ寄り道しようよ」

「そうスね。コンビなら師匠の過去をもっと知ってるだろうし」

「決まり。行くよ、チョビ。西郷さんも応援してくれてるみたいだしさ」

かってに一人決めして、サユリはママチャリにまたがった。

おいらは、あまり乗り気ではなかった。どんなに急いでも、大田区の田園調布は東京のはずれの多摩川べりにあるのだ。

日帰りするなら道草を食ってる場合ではない。

小学生の時から自転車が好きで、東京中を走りまわってきた。おいらの頭の中には、大都市のサイクリングロードがきっちりときざみこまれている。最近では、東京をこえて千葉や埼玉、神奈川までチャリで遠征していた。

桜並木のだらだら坂を下ると、右に不忍池《しのばずのいけ》がみえた。

いったん繁華街に出て、今度は上野広小路から春日通りの急坂を一気にチャリで上りきった。湯島天神裏の暗い道の奥に、かつて師匠がコンビを組んでいたモンダさんの自宅はあった。

自宅と言っても、根岸の安アパートよりひどい三畳部屋だった。

真冬だというのに、生命力の強いゴキブリが二匹這いまわっていた。おいらたち二人を室内へまねき入れたモンダさんが愚痴《ぐち》っぽく言った。

「俺とドンナは、このゴキブリみてぇなもんだった。けっこうしぶとくて、飢えや寒さはしのいでいけるが、みんなの嫌われもんなのさ。俺はリタイアしたが、ドンナは今どんな暮らしをしてるんだい」

つまらないダジャレをスルーして、おいらは真顔で告げた。

「一月四日に病死しました」

「やっぱそうかい。見慣れない男女がいきなり骨壺を持って入ってきたので、そんなことだと思ったよ」

「あまり驚いてませんね」

「せいせいしてるよ。奴がくたばったのなら、今年は運がめぐってきそうだ」

モンダさんは、まったく悲しむ様子がなかった。業界でよくあることだが、《ドンナモンダ》の漫才コンビはどうやらケンカ別れしたらしい。

トラブルメーカーのサユリが口をはさんできた。

「どんな事情でコンビ別れしても、お骨に両手くらい合わせて冥福《めいふく》を祈ったらどうなのさ。それが相方ってもんだろ」

「悪いが、そんな気にゃなれないね。ドンナのおかげで五百万の借金を背負わされ、ヤクザに追われて逃げまわってる。奴が死んだと聞いて気が晴れたよ」

「何言ってンのさ！《ドンナモンダ》が売れなかったのは、あんたのそのしみったれた貧乏くさいしゃべりのせいなんだよ」

「ヘンッ、どうせねぇちゃんも奴にだまされてた馬鹿女の一人なんだろ」

「だまれクズ芸人！」

とめる間もなく、サユリ姐さんの拳《こぶし》がうなった。一撃必殺の正拳突きだ。やせ細ったモンダさんはふっとび、壁に頭をぶつけて白目をむいた。

おいらはモンダさんを抱き起した。

「しっかりしてください。姐さんのパンチは強烈ですからね」

「……効いたぜ。でもな、こうして強い味方がいるドンナがうらやましいよ。俺なんか、お笑い芸人をやめたら、ただの貧乏人だし」

「一つだけ教えてくれませんか。相方だった師匠はどんな人だったのかを」

「ドンナはどんなに明るくふるまっても、いつもさびしい男だった。だって奴は親を知らない孤児《みなしご》なんだ。生まれてすぐに病院の玄関前に捨てられ、そのあとは大田区の児童養護施設で育ったそうだ」

「えっ、大田区の児童養護施設で……」

おいらは、哀愁をおびたジョニーのぬれた瞳を思いだした。

涙腺の弱いサユリが涙ぐんだ。

「知らなかった。彼が母親に見捨てられた孤児だなんて。やっぱり相方のあんたには何でも話してたのね。ごめん、なぐっちゃったりして」

「いいってことよ。でも、ケガの治療費ぐらいは置いていってくれ。無収入で三日ほどメシも食ってねぇし」

「わかった。この時計をあげるから質入れしてお金に換えなさい」

「お、ブルガリか。本物だったら五十万にはなるな。ほんとにいいのかい、お嬢さん」

モンダさんは高級腕時計を手にして、ごくりと生つばをのみこんだ。さっきは『馬鹿女』と罵倒《ばとう》していたのに、いつの間にか『お嬢さん』に変化している。

せまい三畳間で、モンダさんとサユリの視線がぶつかった。

サユリ姐さんが、何事もなかったように立ちあがった。

「行くよ、チョビ。こんな貧乏くさい部屋に長居は無用さ。それと彼の相方だったあんたに、これだけは言っとく。売れても売れなくても芸人をつづけなよ。そう、世紀の天才コメディアンだった《ジョニー・ゲップ》のようにね」

かっこ良い捨てぜりふを残し、偽アンジェリーナ・ジョリーは部屋を出ていった。

おいらもヘコヘコと後につづいた。

湯島の暗い道をチャリで走りぬける。ならんでペダルをこいでいるサユリに、おいらは不満をぶつけた。

「姐さん、どこまでお人好しなんスか。師匠には貯金ぜんぶをみつぎ、紙切り芸人に三十万とられ、湯島に立ち寄ったおかげでモンダさんにはブルガリの時計まで」

「かまやしないよ。あたしはこの若い肉体さえあれば、いくらでも稼げるから。でもさ、あのモンダっていう芸人、けっこうイケメンだったよね」

「まさか、こんどはあの貧乏芸人に肩入れしようとしてるんじゃないでしょうね」

ありえる話だった。お笑い芸人オタクのサユリが、かつての師匠の相方に目をつけたとしても不思議ではない。

治療費がわりに渡したブルガリの時計は、モンダさんを釣るための撒き餌《まえ》だったような気がする。

「チョビ、楽しいね。冬のサイクリングは」

ペダルをこぐ太腿が悩ましい。スタイル抜群の純情ストリッパーは、鼻歌まじりに外堀通りをママチャリでグングン飛ばしていった。

そのまま赤坂見附まで出て、青山通りへ右折した。道路下には半蔵門線が走っているので、まっすぐ行けば渋谷に着く。そこから東急東横線ぞいに進んで行けば、多摩川べりの田園調布にたどりつくはずだ。

「姐さん、遅れずについて来てくださいよ」

「あんた、道にくわしいね。見直したよ」

「こう見えてもチャリで大都会を走らせたら日本一っスよ」

おいらは一気に距離をのばし、代官山の坂をくだって目黒区に突入した。

息を切らしながらサユリも後をついてきた。ダンスで鍛えた体なので相当の持久力があるようだ。

だが東京は坂が多すぎる。速度を落とさず自由が丘まで来たとき、とうとうサユリが音《ね》を上げた。

「ちょっと休んでいこう。駅前の喫茶店に寄って何か食べましょう。喉もかわいてるしさ、体も凍えてる」

「二千円しか持ってないスよ。これであと一日しのがなきゃならないし」

「あたしも千円ぽっきり」

「こうなってみると、さっきモンダさんにあげた高級時計が惜しいですね。きっといまごろはキャバクラにでも行ってますよ」

「いいの。いざとなったら売るものは他にあるから」

「まさか……」

「これさ。女の飛び道具だよ」

サユリは自慢のバストをぐいっと両手で持ち上げた。

「やっぱしッ」

たしかにこれなら高く売れる。でも師匠の奥さんにそんな事はさせたくなかった。

おいらはボロチャリを歩道に放置し、サユリを誘った。

「マックなら食えます。おいらがおごるんで、店内で少し暖まりましょう」

店に入り、腹持ちのするダブルバーガー二個とホットコーヒーを注文した。そして窓際の席にすわり、ジョニーが書いた履歴書を見直した。

　履歴書に目を走らせ、サユリが笑いながら言った。

「ジョニーらしいわね。ウソとマコトがごちゃまぜになってる。ちゃんと割り算もできないあの人が東大医学部卒なんてありえないし」

「だけど、英検一級はありえるんじゃないスか。師匠の英語力はすごかった。ほら、単独ライブの時、ジョニー・デップの七変化で演じたでしょ。《チャーリーとチョコレート工場》の一人コントをぜんぶ英語で！」

「あったね、そんなことが」

「びっくりしましたよ。英語落語はたまにやる人はいるけど、ピン芸人が英語でやっちゃうなんて。どこまで本物の英語なのか、何を言ってるのかもわからなかったけど、動作や身ぶりだけでウィリーウォンカの狂気が舞台上にあふれかえって」

　映画の《チャーリーとチョコレート工場》では、ジョニー・デップの怪演ぶりに目をうばわれた。

　しかし、舞台上のジョニー・ゲップはさらに異様だった。客席から観ていたおいらは、完全に魂を奪われた。

　貧しいが清い心をもつチャーリー少年は、チョコレートが大好きなのだ。いつも腹をすかせて、「おーッ、チョコチョコ」と叫びながらちょこちょこと舞台上を動き回る。

演じるジョニーは背が低いので、少年役が悲しいほどに似合っていた。

一方、人嫌いの実業家のウィリーウォンカは、世界一おいしいチョコレートを作る工場に子供たちを招き、バカな子供たちをチョコレートの原材料にしようとする。この二役を師匠はスピーディに演じ分けた。早口の英語でしゃべっているので、内容はよく理解できなかったが熱いハートはジンジンと伝わってきた。

たぶん、チョコレート工場に潜入したチャーリーはこう言っていたのだろうと思う。

『もっとチョコレートが食べたいよぅ。ギブミー、ギブミー・チョコレート！』

しかし、チョコレートの川におぼれて溺死寸前。ウィリーウォンカに助け上げられ人工呼吸。お腹にたまったチョコレートを噴水みたいに噴き上げるのだ。一人二役のジョニー・ゲップは、大げさな身ぶりでシュールにコントを展開していった。

サユリも話にまじり、コーヒーの入った紙コップをブルブルふるわせて言った。

「あのウィリーウォンカの衣装には、すっごくお金がかかったのよ」

「パープルのフロックコートが本当に似合ってましたね。師匠はハンサムなので、外人役をやっても違和感がない。山高帽をちょっとななめにかぶった横顔は、本物のジョニー・デップより謎めいてました」

「あのコント一つの衣装代だけで、四十万円もつぎこんだのよ。でも、入場料千五百円を払って観《み》に来たのは、目の前にいるあんただけ」

「じつは、それも偶然なんです。おいらは映画好きで、ジョニー・デップのファンだった。たまたま会場前をチャリで通りかかり、《ジョニー・ゲップの七変化！》という立て看板を見て、ふらふら入っちゃったんですよ」

それが悪夢の始まりだった。

気がつけば、すっかりジョニー・ゲップにハマって借金まで背負いこんだ。今はこうして骨壺を持って大都会をさまよっている。

「あっ、いけねぇ！」

おいらは店内で大声をあげた。

大事な骨壺を、ボロチャリの前カゴに置きっぱなしだったことに気づいた。ダブルバーガーを口にくわえたまま窓ごしに視線を送った。三人の不良学生が自転車の前カゴから物をかっぱらうのがみえた。

骨壺は紫色の布に包まれているので、高価な品だとかん違いしたらしい。

同席していたサユリも店外の異変に気づいた。

「あれは、ジョニーのお骨でしょ！」

「やっぱいス、すぐに取り返さなきゃ」

おいらは、店から走り出た。

見ると、不良たちは小さな骨壺をキャッチャボールみたいに投げ合っていた。死んだ師匠が哀れだった。

「やめろよ！　それは大事なものなんだ。落としたりしたら大変だから早く返せ」

相手は体格のいい高校生なので、少し弱々しい口調になった。すると、不良たちがおいらをとりかこんだ。

「チョビヒゲめ、大事なものならカゴに置かずに持って歩けよ！　こんなガラクタ、欲しかったら取ってみな」

不良たちが、骨壺をほいほいとパスしてからかった。ついにはサッカーのロングシュートみたいに、師匠の遺骨を大空にむかってボーンッと蹴り上げた。

「ゴールはさせないぞ！」

おいらは猛ダッシュした。そして回転しながら落下してくる骨壺を、カンカン帽を受け皿にして見事にキャッチした。

今度は不良たちがおいらにタックルしてきた。倒されたおいらは、必死に師匠のお骨を胸に抱きかかえた。

「やっちまえ！」

不良学生たちにボコボコになぐられた。それでも師匠の遺骨は離さなかった。

おいらは歯をくいしばって耐えた。年が明けてから毎日だれかになぐられている。元日に浅草寺で引いたおみくじの〝大凶〟は大当たりだった。

サユリがかけつけ、ドスのきいた低音で言った。

「やめな、坊やたち」

「女はすっこんでろ！」

年長の不良がすごんでみせた。

するとサユリ姐さんが、指をボキボキ鳴らして言った。

「そうはいかないよ。チョビはあたしの弟分なんでね」

「あんたが代わりに相手になるってのか。だったらタイマンで勝負をつけてやらァ」

「めんどくさいから、三人一緒にカタをつけてあげる。アチョーッ！」

あのブルース・リーみたいな奇声《うらけん》がきこえた。

ビシッ、バシッと左右の不良を裏拳でなぎ倒し、三人目はガンッと強烈な頭突きで攻撃した。高校生たちは情けない悲鳴をあげて尻もちをついた。

サユリがきつい視線で見下ろした。

「散れ！　こんど会ったら、ぶっ殺すぞ」

「うわわわーッ」

不良学生たちは、われ先に逃げだした。

駅前の方角から警察官が走ってくるのが見えた。騒ぎを知って通行人が通報したらしい。

日本の防犯体制はよくできている。善良な市民たちは、いつだって警察への協力を惜しまなかった。

サユリがせかした。

「チョビ、早く！」

「はいッ」

おいらは骨壺を前カゴに入れてボロチャリをこぎまくった。警察に職務質問されたら大変なことになる。人骨と一緒にサイクリングしているとわかったら、どんな罰を受けるのだろうか。

駅前の細い路地をチャリで走り抜け、なんとか警察の追跡をふりきった。

サユリが四つ角で追いついた。

「あんた、逃げ足だけは異様に速いわね」

「逃げるが勝ちです」

「チョビ、それにしても弱すぎるよ」

「いいえ、姐さんが強すぎるんです」

自転車を止め、おいらは笑って言い返した。じっさい、彼女は毎日のように他人をなぐっている。

なぐり屋サユリとなぐられヒゲの助。

二人は最強最弱の〝どつき漫才コンビ〟かもしれなかった。なぐり屋サユリがあたりを見回して言った。

「ここって、ひょっとしたら田園調布じゃないの。見てごらんよ。だってすごいお屋敷ばかりじゃん」

「ええ、どの家も百坪以上はありますね」

「チョビ、だれかにきいてみな」

サユリに命令され、おいらは高級毛皮に身をつつんだ中年女性に問いかけた。

「すみません。田園調布九丁目ってどのあたりスか？」

「何をおっしゃってるのかしら？　田園調布は五丁目までしかございませんことよ」

「でも、この履歴書にはそう書いてあるんですけど」

「きっと、イタズラ書きざんしょ」

セレブ風の中年女性は、さっと指先で追い払うような仕草をした。おいらは怒り性のサユリを意識しながら言った。

「なにが『ざんしょ』だい。残暑みたいに暑苦しい顔をしてるくせに」

言うだけ言って、またその場からチャリで逃げだした。

広い通りまで出たとき、サユリが後ろから声をかけてきた。

「チョビ、止まりなさいよ。あんたって逃げてばかり。一度くらいは男らしく戦ってみたらどうなの」

「それがおいらの生き残り作戦ですから」

「ともかく九丁目がないのだから、根岸へ帰るしかないよ」

「もうちょっと探してみましょうよ。姐さんが通夜の日に帰ってきたのもそうだけど、なんだか師匠の霊魂にみちびかれているような気がして」

「うん、あたしもそんな気がしてる」

おいらは神経をとぎすまし、豪邸街をボロチャリでさまよった。

しばらく田園調布を走りまわった。すると前方に高い土手が見えた。どうやら多摩川土手までたどり着いたようだ。

その時、後ろを走っていたサユリが甲高《かんだか》い声を発した。

「見なよチョビ、こんなところに児童養護施設が建ってるよ」

「ほんとだ。やっぱ師匠がみちびいてくれたんスね」

建物の玄関前にチャリを止め、迷わずインターホンを押した。

すぐに品のいい白髪の老婦人が出てきた。おいらは鉄サクごしに声をかけた。

「すいません、少しお時間をいただけますか。だいぶ昔のことをお聞きしたいんですが」

「いいですよ。私は当園の代表者の川端良子です」

「たぶん三十年くらい前、この男性がここで暮らしてませんでしたか。だいぶ顔も変わっていると思うけど」

そう言って、ジョニー・ゲップが使用している宣伝用の舞台写真を見せた。

しばらく写真を見つめていた老婦人が、アッと声をあげた。

「これは北条剣太郎くんですね。二重まぶたのかわいい目元はむかしのまんま」

「えーッ」

おいらとサユリは同時に声をだした。《北条剣太郎》という時代劇スターみたいな名前が、まさか師匠の本名だったとは！

またサユリが話にわりこんできた。

「じつはあたし、北条の家内なんですけど。よかったら彼の少年時代の話を聞かせてくれませんか」

「まぁ、そうでしたの。で、剣太郎くんは今どうなさってます」

「年明けに亡くなりました。だから、彼の思い出をたどってるんです」

「おきのどくに。お悔やみ申し上げます。剣太郎くんは甘いものが大好きで、特にチョコレートには目がなくて。当時はめったに口にできませんでしたけど」

上品な老婦人は思い出すように言った。

サユリがうっすら涙ぐんだ。

「きっと、お腹いっぱいチョコレートを食べたかったでしょうね」

「それがね、剣太郎くんの夢はかなったんですよ」

「どういう事スか」

今度はおいらが口をはさんだ。

老婦人が笑って言った。

「九歳の時、横浜の裕福な外人さんのところにもらわれていったんですよ。チョコレート工場を経営なさってたとかで。名前も剣太郎からチャーリーに変えて」

「チャーリー？」

「チャーリー！」

おいらとサユリは顔を見合わせた。

たしかジョニー・ゲップの前の芸名は《チャーリー・バハマ》だった。チャーリーという名に、なぜか師匠はずっと執着していた。その謎がこれで解けた。

老婦人の話は続いた。

「あのまま外人さんの養子でいれば幸せだったのに。十六歳の時、とつぜん施設にまいもどってきたんですよ。養父と不仲になったとかで。その後はすっかりグレてしまって、学校を中退し、この施設からとび出して行ったきり……」

「それから三十年か……」

おいらは吐息した。変に若ぶっていたが、師匠の実年齢がわかった気がした。また抜群に英語がうまかったのも当然だ。英検一級どころか、たぶん養子宅からインターナショナルスクールに通っていたにちがいない。

ジョニーに惹《ひ》かれた心因が、なんとなくわかった気がする。おいらも父なしっ子だ。陽気な母親に育てられたが、ずっと寂しさをひきずって生きてきた。だからよけいにジョニーに入れあげたのかもしれない。

もうこれ以上聞く必要はなかった。

「いろいろと話してくださってありがとうございます。時間をとらせてしまってすみませんでした」

礼を言って、おいらたち二人は児童養護施設の玄関先から立ち去った。

おいらは黙ってチャリをこいだ。

サユリも黙って後からついてきた。気がつくと、多摩川土手まで来ていた。自転車をおりて草地を登って行った。

土手上までくると風がつよくなった。サユリの茶髪が乱れて顔にかかった。すでに夕暮れ時なので寒さがきつい。おいらは横抱きにした骨壺を枯草の上に置き、その脇にすわった。

サユリもそばに腰をおろした。そして長い髪を左手でかきわけながら言った。

「ごらん、チョビ。対岸はもう神奈川だよ。あのむこうに剣太郎がもらわれていった横浜があるんだね。彼はどんな気持ちでこの川を渡っていったんだろ。そしてまた帰って来たんだろ」

「きっとつらい事ばかりだったんでしょうね」

なんとなく想像はついた。

外国少年風にチャーリーと名を変えさせられ、とまどっていたにちがいない。ゼイタクな暮らしをしても、少年が幸せだったとはかぎらないのだ。

サユリが一人決めして言った。

「ジョニーの体には無数の傷跡が残ってたわ。いま考えると外人の養父に夜ごと虐待されてたのね。だから児童養護施設に逃げ帰ってきたのよ」

「かもしれませんね。あの単独ライブの《チャーリーとチョコレート工場》でも、清純だったチャーリー少年がウィリーウォンカにいじめぬかれ、ついにはキレて相手をチョコレートの壁に塗りこめ、チャーリー少年が工場をのっとるという展開でしたし」

「英語コントだったせいもあるけど、話が暗すぎてあたしはあまり笑えなかったわ。孤児の剣太郎だったり、お金持ちのチャーリーだったり、いったいあなたは何者なの。ねぇ、教えてよジョニー」

サユリ姐さんは骨壺をやさしくなでながら泣いていた。

おいらは彼女の横顔をちらりと見た。

「ケンカは強いけど、姐さんって意外に泣き虫スね」

「しかたないだろ。こらえようとしても、後から後から涙がこぼれるんだもん」

「そんな姐さんが……」

好きだとは、口が裂けても言い出せなかった。

冬の夕陽がさびしく川面を照らしている。

おいらは小石をひろって立ち上がった。アンダースローで多摩川に投げると、群れていた渡り鳥たちが、ザザーッといっせいに夕空に飛び立った。

第四章　アリス・イン・ワンダーランド

おいらは、よほど《師匠運》が良いらしい。

弟子入り先のジョニー・ゲップは、途方もないギャグマンだった。やることなすことデタラメで、その死後も飽きることがない。日々、泣き笑いの連続だ。愉快でたまらなかった。こうして刺激的でデンジャラスな日々を送れるのも、すべてジョニー師匠のおかげだろう。

それにくらべれば、背負わされた借金なんて安いもんだ。他人さまがなんと言おうと、師匠を恨む気などこれっぽっちもなかった。

夜になってもサユリ姐さんは帰ってこない。

田園調布からチャリで帰る途中、神田あたりの夜道でハグれてしまった。後についていたはずの彼女の姿が、スッと消えたのだ。

サユリの行く先は見当がついた。

近場の湯島に住む貧乏芸人のモンダさんの所にちがいない。彼女は致命的なほどお笑い芸人オタクなので止めようがなかった。

引き取り手のない師匠の骨壺は、おいらがアパートに持ち帰った。

胸の奥に何かがひっかかっている。ズキズキと痛む。もしかしたから、これが世に言うジェラシーというものなのか。

「そんなバカな……」

おいらは、せんべいぶとんの中でひとりごとを言った。

冷静に推察すれば、きっとまた金策に走っているのだろう。亭主のジョニーが残した多額の借金は、そのまんま残っちまってる。工面するには、ありったけの悪知恵をしぼり、危ない橋を渡るしかないのだ。

寒風が路地奥のボロアパートにまで吹き込んでくる。からだの芯《しん》まで寒かった。なかなか寝つけなくて、おいらはテレビの古い洋画を見入っていた。上出来のスリラーが山場にさしかかった時、枕元のケータイが鳴った。

反射的にとると、殺気立った女の声がドラマの流れをぶち壊した。

「すぐにおいで！」

「……言っていることがよくわかんないんスけど」

「チョビ、あたしだよ。サユリだよッ」

「それはわかってます。姐さん、生きてるんスよね」

「死にかけてるよ。浅草警察署の三軒隣の赤レンガビルの９０３号。非常階段をのぼってきて。九階通路の内鍵をあけとくから」

「かんじんのマンション名は」

「アリスだよ。不思議の国のアリス・マンション」

電話は唐突に切れた。

頭越しに命令できるのはサユリ姐さんだけだ。

彼女は世紀のトラブルメーカーだった。きっとまた、どこかでティラノザウルスにでも出くわして戦っているのだろう。

部屋の隅に置かれたテレビが、ちょうど名作『セブン』を再再再放送中だった。

しかも場面はクライマックス。ブラッド・ピット扮するミルズ刑事が、連続殺人犯にあざとく挑発され、射殺する寸前で悩んでいる。

「撃《う》てよ、撃っちまえ！」

あせったおいらは、画面のブラピに声をかけた。

けれども、まだブラピは職務と怒りのはざまで悩みつづけている。拳銃の引き金にかかる指先がふるえ、苦悶の表情だ。

「おい、早く決着を……」

ちらりとケータイの液晶画面を見やると深夜二時。恐竜よりずっと獰猛《どうもう》な姐さんからの指令は絶対厳守だ。彼女が気分を害したら、もろに正拳突きをくらってしまう。痛打一撃！　元東日本女子空手チャンピオンは決して狙いを外さない。

いやもう痛いのなんのって！

おいらは、ひび割れの三面鏡の前に正座した。それから手早くマジックで鼻の下にチョビヒゲを描いていった。

これがおいらの正装だ。

チョビヒゲさえあれば年齢不詳。いっぱしの社会人として押し通せる。カンカン帽までかぶっているので、警察の職務質問はさけられないけど。

鏡ごしに映る美男のブラピ。彼はまだ悩んでいる。その究極の顔芸は、きっと人類最後の日まで映画ファンの間で語り継がれるだろう。

ベテラン刑事に扮する声優の渋いセリフが聞こえた。

『やめろ、撃ったらやつの勝ちだ』

絶妙なタイミングで、名優モーガン・フリーマンが口をはさんだのだ。

だが、いまのおいらには邪魔っけな存在だ。たとえ国連事務総長が止めようとも、ここは早く撃つべきだ。

おいらは扮装をすませ、メッセンジャーバッグを肩にかけた。

もう待てない。時間切れだ。

「よっ、子沢山ッ」

実生活でのブラピは、実子と養子を合わせて七、八人の子持ちだという。でも酒グセの悪い彼は、ワイフのアンジェリーナ・ジョリーに家から叩きだされ、孤独な日々を送っているらしい。

いくら見せ場だといっても、演技をためすぎだろ。

おいらはドアノブに手をかけた。そのとたん背後で銃声六発。

『バンッ、ズバンッ、ババババン！』

やっと、これでカタがついた。なにはともあれ、凶悪な殺人鬼は始末されたのだ。

号砲がスタートの合図。おいらはテレビも消さず、そのまんま部屋からとびだした。

すると路地の暗闇から、モーガン・フリーマンのような渋い声が降ってきた。

「あんちゃん、待ちな」

闇に光る不気味な金歯。ワンパターンの登場だった。

「与作師匠……」

「そんなに急いでどこへ行く。何かあったのかい」

与作さんがほろ酔いかげんで言った。隣室に住む初老の芸人。紙切りの腕はたしかだが、どこかしらうさんくさい。

伝統芸の紙切りは地味だし、笑いもとれない。寄席では客の居眠りタイムだ。言ってみれば、紙切り与作は永遠の前座なのだ。

いつも金欠で、いまではおいらにたかるのを生きがいにしている。いつだったか、たのみもしないのに熱心に紙切り芸を教えてくれた。当然、あとで三千円の教授料をきっちりと取られた。

おいらは自分でも笑っちゃうほど手先が不器用だ。一時間ほど指導をうけ、やっと△《さんかく》と□《しかく》が切れるようになった。これでは素人の宴会芸としても使えない。

アパートの玄関先でおいらは口ごもった。

「いや、ちょっと……」

「あ、そのチョビヒゲ。さては性悪なサユリに呼び出されたな」

「ええ。ついさっきサユリ姐さんから連絡があって。せっぱつまった声でした。早く行かないとまずいみたいなんスよ。浅草署ってどっちでしたっけ」

「根岸から吉原神社の道をまっすぐ行きな。でもな、あまり女に深入りしちゃだめだぞ。やばいと思ったらすぐにその場から逃げ出せ」

「逃げ足だけは《アリス・イン・ワンダーランド》のウサギなみです」

「なんじゃ、それ。明朝早くから営業があるから、よかったら付いてきな。芸は現場でおぼえるんだよ。東京八重洲口の高速バス停で待ってる」

「何時発ですか」

「……セブン」

思わせぶりに英語でこたえ、また自慢の金歯をギラリと光らせた。

「無理です。ごめんなさい」

その場でことわり、おいらはママチャリにまたがった。

同行すれば、どうせ持ち金をふんだくられるだけだ。与作さんは無理強《むりじ》いせず、自宅のアパートへふらふらと戻っていった。

無駄話で時間をとられた。このままではサユリ姐さんの拳がストマックにめりこんでしまう。おいらはペダルに足をかけ、力強くこぎだした。

冷たい夜風が頬を打つ。寒気がジャンパーの中へしのびこみ、ヒュルヒュルと体にまとわりつく。かまわず路地を抜けて昭和通りを突っ切る。吉原神社を横にみて、与作さんに言われたとおりまっすぐ夜道を疾走した。

ビル越しに東京スカイツリーの上部が見え隠れする。夜空に青い光彩を放つ鉄塔は、いつ見てもわびしい。気が滅入ってしまう。やはり大都会のシンボルは、高度成長期に建てられた下品なほど赤い東京タワーだと思う。

浅草四丁目に入ると警察署が見えた。

そこから三つ数えたところに赤レンガの高層ビルが建っていた。サユリがケータイで伝えた《アリス・マンション》にちがいない。

下町にはめずらしく、なにやら周辺にはセレブな雰囲気が漂っていた。イヤな予感が胸をよぎる。しかし、ここで引き返せばなぐり屋サユリの餌食《えじき》となる。

ためらったときは、習い覚えた芝居の長ゼリフを口にするにかぎる。

「拙者親方《せっしゃおやかた》と申すは、御立会《おたちあい》の中うちに御存知《ごぞんじ》のお方かたもござりましょうが、お江戸を発《た》って二十里《にじゅうり》上方《かみがた》、相州《そうしゅう》小田原《おだわら》、一色《いっしき》町をお過ぎなされて、青物町《あおものちょう》を……」

すっかり腰のひけたおいらは、出入り口で滑舌《かつぜつ》の練習用の《外郎売《ういろうう》り》をボソボソとつぶやいた。

いつものルーティンで平常心をとりもどした。

たしかに夜の都心は刺激的で危険な香りに満ちている。だが、なぐり屋サユリと高級マンションが結びつかなかった。それに東京生まれのおいらから見れば、彼女は地方出の元気娘にしか映らない。

ママチャリを壁にもたれかけさせ、横手の芝生に歩を進める。そっと敷地内に入り、彼女の指示どおり非常階段をかけあがった。荒い息をはき、九階までたどりつくと扉が半開きになっていた。

おいらは、そっとマンション内に足をふみいれた。淡い照明の廊下を直進し、903号室のドアノブを回すと音もなくひらいた。

見ると、部屋中が荒らされて散らかりほうだいだ。

「これは……」

どうやらサユリ姐さんの部屋じゃないらしい。

いつだって男選びはルーズだが、彼女はとてもきれい好きだ。整理整頓はしっかりしている。もし泥まみれクソまみれのアメリカンバイソンと同居していても、室内はこんなにも汚れないだろう。

明るいＬＥＤの下、浮かび上がる応接間はすっかり汚れきっていた。花柄の壁紙は剝げ落ち、生ゴミに似た悪臭が鼻をつく。

おいらは思わず眉をひそめ、ブルッと身震いした。あちこちにゴミが散乱し、ポテトチップスの袋やら宅配ピザの残りやらひどいありさまだ。暖房もきいておらず、部屋全体が冷凍室と化していた。

靴を脱ぐ隙間もないので、おいらは土足でお邪魔することにした。

「サユリ姐さん。いますかー」

一呼吸あって、寝室から返事があった。

「チョビ、こっちだよ。来て」

言われるままベッドルームへ行くと、泥酔したサユリが部屋の隅でうなだれていた。

しかも、その右手には血まみれの果物ナイフが握られている。

「ど、どうしたんスか。それって……」

「ごめん。とりかえしのつかないことをやっちまったよ」

「果物をナイフで切っても、そんなに血はでないっしょ。ドッキリだとしても、これじゃダダすべりですよ」

「ほら、そこを見て」

サユリがすっと横目を走らせた。

一瞬、おいらの背中に冷や汗がツーッと一筋流れ落ちた。

「オー・マイゴッド……」

おいらは、『セブン』のブラピばりの顔芸で低くつぶやいた。

ダブルベッドの上に奇っ怪なものが見えたのだ。それはだぶついているんだけども、少し弾力がありそうな、微妙にたゆんだ赤く染まった何か。

そいつが悪臭の発信源だった。

「また死体だ！」

「かもね」

「姐さん！　しっかりしてください。ひどく酔ってますね。この血だらけの死体はいったいなんなんスか」

「よくわかんない。ついさっき出会ったばかりだし」

「だったら、手にしたそのナイフは」

「もしかしたら傷つけちゃったのかなァ」

「誰が？」

「私が」

即答だった。そして黒髪をふり乱したサユリ姐さんは、ナイフをシュッシュと振り下ろした。シザーハンズをマネたギャグなのか、それとも本人による再現VTRなのか判断がつかない。

半日ぶりの再会は、イヤになるほどドラマチックだった。彼女と出会うとき、かならず死体めいたものが部屋に転がっているのだ。なぐり屋サユリは、ついに切り裂きサユリへと変貌をとげたのだろうか。

二人の仲をとりもつものは、いつだって死体なのだ。

彼女の目は赤く血走り、じりじりとおいらに迫ってくる。とてもウェルカムとはいかなかった。

おいらは両手で、馬を御するようにハイハイと制しながら言った。

「さ、落ち着いて。何が起こったのか話してください。このセレブ感満載のマンションは。そして血まみれの動物の死体は。いったい何が起こったんスか」

今度は、すぐに答えが返ってこない。

ティッシュでナイフの血のりをぬぐいながら、サユリが吐息まじりに言った。

「……ここはあたしの実家なのよ」

「まさかァ。けっこう良い暮らしをしてたんスね」

「そう。父は商社の役員で、あたしは大学まで学習院に通ってた」

「えっ、あのお嬢様学校に」

「目の前に大きく見える東京スカイツリーが気に入って、うちの父がこのアリス・マンションを購入したの」

「絶景の億ションですよね」

たしかにワイドな窓外には、東京スカイツリーがキラキラと青光りしている。

おいらは目を白黒させた。育ちの悪い田舎娘だとばかり思っていたが、本当は重役令嬢だったのだ。

きっと幼いサユリは、このアリス・イン・ワンダーランドに迷いこみ、果てしのない冒険の旅をつづけているのだろう。

「昨日、孤児だったジョニーの話を聞いてさ。急に両親に会いたくなっちゃった。家出してから数年ぶりにここへもどったの。でも、もぬけの殻だった」

「ええ。とても人が住める状態じゃない」

「それはあたしが酔っ払って部屋で暴れたから」

「なら、ご両親は？」

「二人でシンガポールへ移住したみたい。あたしが大学を中退してストリッパーに身を落としたので、世間体が悪くなって海外で余生を送ることにしたらしいわ。せっかく帰ったのにこのザマよ。部屋のカギを取り換えずいてくれたことだけが救いね」

「ずっと娘のことを思ってたんスよ。で、本題ですが」

おいらはベッド上の動物の死体をチラリと見た。

すると、察したサユリがつらそうに言った。

「さっきこのマンション近くの路地奥で、臨月の迷い犬をひろったの。部屋に入れたらすぐに出産したので、仔犬のヘソの緒をキッチンナイフで切ってあげた。でも母犬は力尽きて死んでしまった」

「それでパニクって、おいらに連絡してきたんスか」

「酔ってたし、犬もそれほど好きじゃないし」

まったく人騒がせな重役令嬢だ。

彼女の話にはきっと裏がある。数年ぶりに帰宅した動機がきれいごとすぎる。昨夜、サユリの頭を占めていたのはジョニーの借金だったはず。恥をしのんで実家へ足をむけたのは、両親からお金を融通《ゆうずう》してもらうためだったと思う。

おいらのきびしい視線をよそに、手柄顔のサユリが、生まれたばかりの仔犬たちをバスタオルに包んで持ってきた。

「チョビ、この子たちをどうにかしてよ。それに死んだ母犬も」

「また無茶ぶりですか」

「このままじゃ仔犬たちまで死んじゃうよ」

少し酔いのさめたサユリは、急におろおろしはじめた。わがままなお嬢様育ちなので、気は強いが雑務は苦手らしい。

おいらは安請《やすう》け合いした。

「まかせてください。死んだ母犬の件は、明朝台東区の保健所に連絡して引き取ってもらいましょう。そして三匹の仔犬はおいらがあずかります」

「でも、どうすんのさ」

「犬好きの先輩芸人がいて、飼ってるメス犬が先週出産したってメールを送ってきました。もらい乳をすれば、この子たちは生きのびられる」

「あんたって、ほんとにイカレてるね。師匠の骨壺をあずかった上に、生まれたばかりの仔犬まで。ここまで善良だと、かえって怖いよ。ぜったい人に言えないような悪事を隠してるでしょ」

「ええ、そのうち白状しますよ。じゃあ急ぐので」

笑いでごまかし、おいらは仔犬たちを抱き上げた。

サユリ姐さんは徐々に正気をとりもどし、しっかりした口調で言った。

「保健所へはあたしが電話しとく。だからこの子たちのことはたのんだよ。少ないけど、これはその費用。取っときな」

気前よく五枚の万札を手渡された。

それはまぎれもなく両親からパクったものだ。数年ぶりに実家に舞い戻った家出娘は、部屋中を荒らしまわって金目のものを探したのだろう。

五万円をうけとったおいらも、これで完全な共犯者だ。

「仔犬たちのその後は、明日にでも姐さんに連絡を入れます。早く母乳をあたえないとヤバイので」

それだけ言って、おいらは903号室から抜けだした。

両手に抱えたぶ厚いバスタオルの中には　三匹の仔犬たちが身を寄せ合って丸くなっている。慎重に非常階段を下り、表通りに出てボロチャリの前カゴにそっと仔犬たちを入れた。

先輩芸人の自宅は近場の三ノ輪《みわ》にある。急げば五分とかからない。チャリにまたがり急発進。おいらは全速力で走りだした。

懸命にペダルをこいだ。日本堤《にほんづつみ》を突っ切って泪橋《なみだばし》の十字路を左折する。そのまま二つめの角を曲がると《片岡工務店》の看板が街灯に照らされていた。ここの店主兼ピン芸人とは師匠を通じて知り合った。

芸名は《桂ふんどし》。臭気フンプン。史上最低の《アンチョビ・ヒゲの助》よりも、群を抜いてひどい鼻曲がりの芸名だ。しかもご自分で命名したというから、文句の持って行き場がない。

巨漢の彼は大卒で角界入りし、両国界隈で二十年近くもくすぶっていた。その間いちども幕内には上がれず、ずっとふんどし担ぎの身分だった。

なにせ実家が金持ちなので、ハングリー精神のかけらもない。

給金ゼロの幕下でも、近くの三ノ輪へ足をのばせば両親が懸賞金をいくらでも渡してくれる。そして昨年の春に廃業し、実家の工務店を継いで代表取締役となった。その一方で、なぜか浅草の寄席芸人として再スタートしたのだ。

よほどの目立ちたがり屋か、希代《きたい》の道楽者らしい。

たぶん後者だとおいらは思う。四十歳過ぎてから落語界に入門し、またも前座のふんどし担ぎになったのだ。だが、けっこう客にうけている。古式豊かな芸名の《桂ふんどし》は、意外にも寄席通いのご老人たちには好評だった。

彼は古典落語が話せない。

持ちネタは〝戦国武将ものまね〟だ。古新聞でつくったチープな兜《かぶと》をちょこんと頭に乗っけ、『われこそはーッ』と武将らのフルネームを、大声で叫ぶだけで芸は成立する。巨漢の並はずれた大音響をまともに浴びて、認知症の老人が五人も正気をとりもどしたという。

しかし、どんなに老人ホームで客を喜ばせても、ふんどし兄さんがテレビのお笑いオーディションに通ることはないだろう。切れ者のディレクターらが狙っているのは、口達者《くちだっしゃ》でイケメンの若い芸人なのだ。

それにしても真夜中の訪問者などロクなもんじゃない。

その訪問者とはおいらだった。でも、緊急時に礼儀などかまってはいられない。工務店の玄関先にチャリをとめ、おいらは呼び出しのチャイムを鳴らした。それでもたりず大声で叫んだ。

「ふんどしーッ、ふんどし兄さーん、戸をあけてください！　アンチョビ・ヒゲの助です」

店内に明かりがつき、ガラガラッと引き戸がひらいた。戸の開き方で相手の不機嫌さが伝わってくる。けれども、すばやく侵入したおいらは教え諭《さと》すように言った。

「兄さん、唐突なようですが動物愛護は相撲道と同じです。心技体がそろわなければできないっスよ」

立ち合いに、言葉の頭突《ずつ》きを一発カマした。

「まァそうだけど……」

ねぼけまなこの兄《あに》さんが意味もわからずにうなずく。言ってるこっちも自分の言葉の脈絡がまったくつかめない。それでも弱気な相手には、強気で押しまくることが大事なことは知っていた。

抱いている仔犬たちを見せながら単刀直入に言った。

「この子たちを産んだ母犬は役目を終え、ついさっき死にました。まだ生後一時間です。おたくのメス犬のお乳を三匹の仔犬にわけてやってください。兄さん、お願いします」

「おっ、やたらめったら可愛いな」

犬好きの巨漢が目をほそめた。

「しばらくのあいだ、おたくの仔犬たちと一緒に育ててほしいんスよ。保健所へ持っていけば殺処分《さっしょぶん》されっかもしれないし。救えるのはふんどし兄さんだけです。都心にはめずらしく広い裏庭もあるし、犬たちにとってここは天国だ」

「見殺しにゃできないな。わしがあずかる。でも条件が一つだけある」

「なんでも受け入れますよ。飼育料なら五万円ほど用意してきましたし」

「バカか、お前。東京オリンピックが迫り、建築ラッシュで《片岡工務店》の年間売り上げは年間十億円をこえてる。そんなはした金、何の役にも立ちゃしない。わしの条件は、この子たちを一生かけて面倒みるということ。それが動物愛護の心技体だろ」

相撲くずれの中年実業家は、ちゃんとオチまでつけてくれた。

「決まりです。あとは全面的にお任せしますので。ホイサ」

気の変らないうちに、ふんどし兄さんに三匹の仔犬を譲渡《じょうと》した。そのまま逃げ帰ろうとしたが、伝え忘れていた重大事を思い出した。

「あ、それとうちの師匠が正月四日に急死しました」

「なぜそれを最初に言わない。母犬が死んで仔犬が生きのび、その前にジョニーが死んでいたなんて。頭がこんがらがっちまう」

「もう通夜も葬儀も済ませました。焼場にも行ったし、師匠の骨壺は根岸のアパートに置いてあります。気がむいたら線香をあげに来てください」

「やたら手回しがいいな。よかったらうちの工務店で働いてみないか」

そんなセリフは聞き飽きている。

どの業界も人手不足らしい。先に金貸しのヤクザと仮契約を結んでしまっているので、この場は断るしかない。おいらは首を横にふった。

「すみません、バイト先はもう決まってます。とにかく早めに授乳を」

「そうだな。ちょっとそこで待っときな」

ぶっとい両腕で仔犬たちを抱え、ふんどし兄さんが奥庭のほうへむかった。そして数分後に手ぶらで玄関口にもどってきた。

「安心しな。うちの母犬との相性はバッチリだ。全身をなめまわし、自分の子と同じようにオッパイを吸わせてらァ。授乳のベテランだから、もう大丈夫だ」

「よかった。これで今夜は安眠できます」

「あんな哀れな母なしっ子を見てたらよ。なんだかジョニー師匠の身の上とかぶって、因縁めいたものを感じるよ」

「えっ、兄さんはうちの師匠のことをよくご存じなんスか」

「付き合いは浅いが、けっこう知ってる。去年の秋、わしの所に金を借りにきたとき、自分の半生をあらいざらい話してくれた。やたら面白かったよ。百万円の価値があったとまでは思えないけど」

「やっぱしッ」

そんなことだろうと思っていた。

師匠が他人の家を訪問するときは、ほとんど借金の申し出だった。しきりに窮状をうったえ、泣き落として金をせしめるのだ。

まるっきり本人には罪の意識がないので、暴力団がらみの《オレオレ詐欺《さぎ》》よりもタチが悪かった。

「百万は貸し倒れになっちまったが、香典《こうでん》がわりだと思ってあきらめるよ」

「弟子のおいらに請求しないんスか」

「何言ってンだ。そんな法律や習慣はどこにもないぜ」

「知りませんでした。師匠の借金は、弟子が支払うとばかり思ってました」

「わしもなみはずれてバカだが、お前は純粋培養《じゅんすいばいよう》のバカだ。頭は良さそうに見えるけど、かんじんの生きていく知恵ってもんがすっぽりと抜け落ちてらァ」

「そうかもしれないスね。で、兄さんが聞いた師匠の半生とは」

「捨て子で孤児院育ちだってさ。好物はチョコレート」

「それは知ってます。その先を」

「高校中退後は中古自転車で日本中を走りまわり、京都の禅寺で三年間ほどマジメに修行したそうだ」

おいらは首をひねるばかりだった。

とことん自由で無責任なジョニーが、神妙《しんみょう》に座禅を組んでいる場面がどうしても頭に浮かんでこない。

それに《禅》という言葉がひっかかる。偶然にも、おいらの名と同じだった。

ふんどし兄さんの話が急展開した。

「三十歳のころ横浜で純な娘に出会い、ジョニーは一目ぼれして結婚したってよ。子供も生まれたが、生来の放浪癖にかられ、家庭を捨ててまた長い旅に出たんだ」

「えっ、奥さんや子供までいたんスか……」

おいらの胸奥で何かがパチンとはじけとんだ。それは、もしかしたら開けてはならない大事な心のフタだったのかもしれない。

一年前、錦糸町で天才ピン芸人のジョニー・ゲップとめぐり逢った。それは偶然ではなく、宿縁だったような気がしてきた。

残念ながらサユリ姐さんは愛人にすぎない。

正妻はちゃんと別にいたのだ。ジョニーの帰る家はそこしかない。骨壺が静かに眠れる場所は見つかったが、なぜだか憂《うれ》いは深まるばかりだった。

第五章　ショコラ

昨日は怒涛《どとう》の一日だった。

そして今日もまた自分の将来をかけたメインイベントがひかえている。おいらの奮闘ぶりを、亡き師匠にそばで見守ってもらいたかった。

その前に後見人の与作さんに会っておかねばならない。アパートを出たおいらは、ボロチャリの前カゴに師匠の骨壺をのせて浅草へと向かった。

六区ブロードウェイの裏手にある自転車置き場で待っていると、出番をひかえた老芸人が自慢のマウンテンバイクでやってきた。

「おっ、あんちゃん。待ち伏せかい」

「やっぱ地方営業には行かなかったんスね」

「芸人にとっちゃホームグラウンドの浅草演芸場のほうが大事だからな。ギャラの高い低いじゃねぇんだよ」

半分は本音で、じつは全部ウソだ。

おいらはそう感じとった。自分で実費を払ってまで地方営業へ行くつもりは、はなっからなかったのだろう。カモのおいらを同行させ、交通費から食事代まで出させる腹づもりだったのだ。

怒る気にはなれない。

紙切りという地味な芸に一生をかけた芸人は、大げさに言うと日本の宝だ。何をやったってゆるされる。ましてや交通費を肩代わりさせることぐらい大目に見て笑い流さなきゃいけない。

師匠のジョニー・ゲップも最高のショーマンだった。二百万の借金をおいらに背負わせ、平然とあの世に旅立った。良くも悪くも、芸人としての豪奢《ごうしゃ》な生きざまを弟子のおいらに示してくれた。

それにくらべ、与作さんはしみったれでスケールが小さすぎる。百円単位でおいらから小銭をむしり取り、しみじみと喜んでいた。

お二人さん、どうぞご存分においらをカモってください。

口にこそださないが、そんな気持ちだった。

好人物のふんどし兄さんなんか、もっと上カモだ。まんまとジョニーに百万円むしりとられた。その上、後輩のおいらにまで三匹の仔犬を強引に押しつけられ、大きな懐《ふところ》に迎え入れてくれたのだ。

「与作さん、すみません。もしおいらの留守中、桂ふんどしさんがアパートに訪れたら、ご一緒に弔《とむら》い酒を酌《く》み交わしてくれませんか」

「かまわねぇが、宴席にゃ先立つものが必要だ。芸歴の長い俺の方が酒代をもたなきゃならねぇしな」

「わかってます。少ないスけど、これで間に合わせてください。サユリ姐さんからのあずかり金です」

万札を三枚ほど手渡すと、たちまち相好《そうごう》をくずした。金歯をむきだしにした笑顔はとことん下品だった。

「いけすかねえ女だと思ってたが、けっこう筋を通すじゃないか。見なおしたよ。で、彼女いまどこに」

「今朝からなんども電話してるんスけど、連絡がとれない状態です」

「だろうな。死んだ亭主のために操を守るタイプじゃねぇし。また新しい男を見つけてるこったろう」

おいらは半笑いでうなずいた。

「姐さんは気性が激しいスからね、でも、本当はとても純情で魅力的です」

「あんちゃん、ほれたな」

「無茶言わないでください。あんな暴力的な女性と一緒にはいられないっスよ」

「顔を赤くして弁明するところが怪しいぜ。少しは師匠を見習いなよ。この世にゃ星の数ほど女はいらァな。あのジョニーだって、サユリとくっつく前は他の女に面倒をみてもらってたんだ」

「だれですか……」

「女性パティシエだ。チョコレートケーキ作りの名人で、名前はチャコ。今でも門前《もんぜん》仲町《なかちょう》で《ショコラ》という洋菓子店をやってるはずだよ」

与作さんは角ばったアゴをなでながら言った。

おいらはチョコレートという言葉に敏感に反応した。

「昼過ぎにお台場で用事があるので、その前に道順の門前仲町に寄ってみます。師匠の昔の恋人にも会ってみたいし」

「それは結構だが、お台場の用事って？」

「本日はピン芸人日本一を決定する《R1グランプリ》の予選がお台場の会場であるんですよ。亡くなった師匠がエントリーしてたので、おいらがピンチヒッターで出場するつもりです」

「あんちゃん。気楽にかまえてるが、ピン芸は思ってるよりずっとむつかしいぜ。そんな簡単に演じきれるものじゃねぇよ。やめときな、恥をかくだけだから」

「恥をかくのも修業のうちって師匠が言ってました。それにこれは若死にした《ジョニー・ゲップ》の弔《とむら》い合戦だし、ここでやめるわけにはいきませんよ」

おいらは決意をのべた。

すると、ベテランの紙切り芸人が、しっかりと手をにぎってくれた。

「あんちゃん、よく言った。もうとめねえよ、思いっきりやってきな。今日が《アンチョビ・ヒゲの助》の初舞台だ」

「いいえ。《ジョニー・ゲップ》の芸名でエントリーしているので、師匠の名をせおって出場します」

「二代目ジョニーか」

「ええ。ジョニー・ゲップ・ジュニアです」

「そいつァおもしれぇな」

与作さんは心の底から喜んでくれていた。

がぜん、おいらの気持ちも盛り上がった。

「ぜったい一次予選を勝ちぬきますよ。じゃあ、行ってきます」

ボロチャリをこぎだしたとたん、チェーンが切れてしまった。与作さんが腹をかかえて大笑いした。

「スタート直前にリタイアとは縁起が悪いな。あんちゃん、おれのマウンテンバイクを貸してやっから乗っていきな」

「恩にきます」

おいらは最新のマウンテンバイクにまたがった。

これなら北海道まで突っ走れる。小さな骨壺を肩かけバッグに入れ替え、グンッとペダルをこいだ。

まったくもって加速がちがう。異次元の走りだ。手をふる紙切り芸人を置きざりにして、おいらは浅草通りを進んで一気に駒形橋を渡りきった。

上げ潮時らしい。橋下を流れる隅田川から潮の香りが濃密に立ちのぼってくる。川ぞいの舗道を走り、両国駅をぬけて江東区へ入った。そのまま清澄《きよす》通りを直進して深川に出た。

富岡八幡宮の門前町をスピードをゆるめて進んでいると、ふっと甘いチョコの匂いがただよった。

参道の横に《ショコラ》の小店はあった。素通しの大きなガラスごしに店内が見える。かなり流行《はや》っていて、数人の若い女たちがチョコレートケーキを買っていた。

おいらはマウンテンバイクを道脇に置き、そっと店内に入った。

パティシエらしい高い白帽をかぶった女性と目が合った。おいらはごくりと生つばをのんだ。想像していたよりずっと美人だったのだ。

サユリがアンジェリーナ・ジョリーなら、こちらはジョニー・デップの主演映画《ショコラ》のヒロイン、ジュリエット・ビノシュにそっくりだ。

「チャコさんですよね」

おずおず問いかけると、美人パティシエが小首をかしげた。

「はい、私ですけど、何か……」

「ちょっと五分ほど時間をもらえませんか。ジョニーさんの、いやチャーリーの、いえ北条剣太郎さんのことについて伝えたいことがあるんです」

「わかりました。一緒にまいります」

チャコさんはすぐに店を出た。オーナーなので自由がきくようだ。二人は富岡八幡宮の境内を一緒に歩いた。

イチョウの大木の下に立ちどまり、おいらはバッグから小さな骨壺をとりだした。

「北条剣太郎さんは、正月四日に亡くなりました。おいらは弟子のアンチョビ・ヒゲの助です。チャコさんのことを知り、いちおうお伝えしておこうと思って……」

「えっ、あの《ジプシー・ロマ》が！」

チャコさんが、またもちがう芸名を口にした。

彼女と付き合っている時、師匠は《ジプシー・ロマ》と名のっていたらしい。いったいいくつの名を使い分けていたのだろうか。

美人パティシエは、イチョウの木にもたれて泣きくずれた。

「ジプシーは放浪の男でしたわ。どこかしらさびしげで、いつも私にギターをひいてくれていた。そう、《禁じられた遊び》のメロディを」

「でも、あの曲は一弦《いちげん》だけを使ってだれでもひけますよ」

「いいえ、ジプシー・ロマの音色は特別だったわ。とても悲しく切なくて。その骨壺から今にも聞こえてきそうな気がする」

号泣しながら、チャコさんは骨壺を取り上げて頬ずりした。

師匠の恋人はみんな美人だが、性格が激しすぎて手に負えない。自分中心に世の中が回っていると思いこんでいる。それにジプシーは差別用語だし、ロマとは新しいジプシーの呼び名だった。つまり師匠は《ジプシー・ジプシー》とダブルで差別用語を使用していたことになる。

おいらは恐る恐る言った。

「すみません、チャコさん。先を急ぐので骨壺を返してもらえませんか。一番弟子のおいらが師匠の骨壺を守ることになってるんスよ」

「だれが決めたの、そんなこと」

「芸人仲間の紙切り与作さんですけど」

「あかの他人のジジィに決定権なんかないでしょう。いとしいジプシーの遺骨は、私があずかります。立派なお墓も建ててあげなきゃならないし」

「だけど、そんなに師匠のことを思っていたのなら、なぜ別れたんスか。申し訳ないけど、あなたのことは与作さんに聞くまで知りませんでした」

おいらは小声で逆襲した。

だが、チャコさんは一歩もひかない。急に表情が険しくなって口調が一変した。

「チョビヒゲ、よく聞きなさい！　私は流れ者のジプシーに恋して、三年間も生活をささえたわ。ジプシーは甘いものが大好きで、特に私がつくるショコラが大好物だった。昼は何個もショコラを食べ、夜はベッドで私を何度も食べたわ」

「知りませんよ、そんなこと」

「でも甘い生活を、さすらいのジプシーは好まなかったの。芸に行きづまり、私にさよならのキスをして出ていったのよ。私は止めなかった。だってそれが、さすらいのジプシー・ロマのためですもの」

「待ってください。それって作り話っていうか、映画の《ショコラ》でしょ」

「話をとめないで。女性パティシエとジプシーの恋物語は本当にあったのよ！　だから、店名も彼が大好きだった《ショコラ》にしたの」

美人パティシェは興奮し、瞳を輝かせてしゃべりつづけた。

わざわざ門前仲町までやってきたのは判断ミスだった。もし、サユリ姐さんが一緒だったら、きっとここで女の決闘が始まったにちがいない。

でも、弱虫には土下座の一手しかない。

迷わずおいらは、地べたに額《ひたい》をこすりつけて懇願した。

「ショコラさん、おねがいですから遺骨を返してください。今日は師匠の弔い合戦なんです。ピン芸人日本一を決める大会があって、どうしても師匠と一緒に会場に行かなきゃならない」

「知らないわよ、そんなこと」

「こんなに頼んでもダメですか」

「私にとってはジプシー・ロマとの思い出のほうがずっと大事だし。一人でかってに会場へ行きなさい」

「そうスか……だったらしかたありませんね」

あきらめたフリをして、相手を油断させた。そして一瞬の隙をつき、チャコさんが抱いている骨壺をサッとうばい返した。

「なにすんのよッ、このチョビヒゲめ！」

「ぐわっ」

逆ギレした美人パティシエに強烈な張り手をくらった。

今日もまたなぐられちまった。

それでもめげず、骨壺を小脇に抱えて必死に逃げた。境内から走り出て、マウンテンバイクにとびのった。後からチャコさんがすごい顔つきで追ってくる。

美しいので、よけいに恐い。信号を赤で突っ切り、スピードを上げて越中島《えっちゅうじま》から豊洲までノンストップで走り続けた。朝からなにも食べてないので、すっかりへばってしまった。

どうやら逃げきれたようだ。おいらはマウンテンバイクを歩道にとめ、モノレールが見える駅前のファミリーレストランへ入った。

店の奥の席にすわり、オムライスとドリンクバーを注文した。その時、あずかっていた師匠のケータイが鳴った。

おいらは息切れしながら電話をとった。

「もしもし、どなたですか?」

「あたしだよ。サユリだよ」

「あ、姐さん。いったいどこへ行ってるんスか。こちらから何度コールしても不通になってるし」

「心配いらないよ。湯島のモンダのとこだから」

「やっぱり……」

イヤな予感は的中してしまった。

おいらの声が裏返った。

「二人で何してたんスかッ。師匠が亡くなり、迷い犬が死に、三匹の仔犬たちがどうにか生きのびたってのに」

「よかった。それが気になってたの」

「お金持ちの先輩芸人が仔犬たちをもらってくれました。もう安心です」

「こっちは、まだもめてる。さっきモンダと一緒に質屋に行ったらさ、あのブルガリの腕時計がニセモノで二千円にしかならなかったの。そしたらモンダがキレちゃって、あたしに『お前も亭主と同じ大ウソツキだ！』ってどなったの。ぶんなぐってやったわ」

今日もまた彼女は他人をなぐったらしい。

なぐり屋サユリは健在だった。

だが喜んでばかりもいられない。結果はケンカ別れだとしても、サユリがモンダさんと一夜を共にしたことにかわりはないのだ。

「姐さん、現在地はどこですか」

「チョビに借りた自転車を返そうと思ってさ、根岸のアパートまで来てみたらだれもいなくて。あんたこそどこにいるのよ」

「豊洲《とよす》駅近くのファミレスで昼飯食ってますけど」

「えっ、なんで豊洲なの」

「昼からお台場のパナソニックホールで《R1グランプリ》の一次予選があるんです。これから師匠の代役で出場します」

一瞬の間があった。

そして、おいらの耳奥にサユリ姐さんのキンキン声が突き刺さる。

「なぜ、そんな大事なことをあたしに隠してたのよ！」

「言おうと思ってました。でも、なんだかんだ忙しくて。それにとつぜん姿をくらまして、モンダさんのところへ行ったのは姐さんでしょ」

「とにかく応援に行くからさ。あんたの出演時間はいつごろなの？」

「出番はたぶん五時ごろになると思います」

「わかった。まだ間に合うよ。今から電車をのりついでお台場のパナソニックホールに行くからね」

「べつに来てもらわなくても……」

「何言ってンのよ。ジョニーの一番弟子の晴れ舞台を見逃すわけにはいかないわ。でさァ、チョビ。あんたピン芸なんてできるの」

「これでも芸歴九年です。ご安心を」

おいらは自信たっぷりに言って電話を切った。

だが、本当は不安でいっぱいだった。ピン芸人日本一を決める《R1グランプリ》は、出場者が四千人以上もいて、第一次予選を勝ちぬけるのは二百人ぐらいだった。プロとアマがまじった大会だが、二十倍の難関をくぐりぬけるのはむずかしい。かえってプロのほうがプレッシャーに押しつぶされて脱落する。

しかも、おいらは初出場なのだ。

師匠のジョニーでさえ、いちども準決勝にまで勝ち進めなかった。

大会の主催者が関西の大手芸能会社なので、ジョニー・ゲップのような東京のフリーの芸人は認めてもらえないのだ。どんなに会場で笑いをとっても、逆に危険視されて審査員たちに除外されてしまう。

大手プロダクションに所属する若手ばかりが勝ち残っていく。おいらも東京出身だし、フリーなのでかなりのハンデがあった。

だけど、この世に『奇蹟』という言葉があるかぎりチャレンジしたいと思った。

優勝賞金五百万円！

それだけあれば、師匠の借金をぜんぶ返せるし、墓だって建てられるだろう。

「お待たせいたしました。ドリンクはご自由にお取りくださいませ」

ウェイトレスがオムライスを運んできた。

ファミリーレストランはどこも御飯物が高い。千円以内で味が一定してるのはオムライスぐらいだ。

　割安なのはドリンクバー。セット料金で紅茶やコーヒー、ジュースやコーラを飲みほうだいだった。おいらは甘いオレンジジュースをがぶ飲みしながら、オムライスをがつがつ食べた。

　満腹になったので、がらあきの店内の片隅でネタ帳をとりだした。

　自作のネタは二十以上あるが、使えるのはかぎられてる。入門テストの時、師匠の前で演じた《学園天国》を小声で繰《く》った。

　一次予選は二分しか持ち時間がないので、わかりやすくアピールできるリズムネタで勝負することにした。

　ネタを繰っていても集中できなかった。師匠が急死してからの奇妙奇天烈《きみょうきてれつ》なできごとが次々によみがえってくる。

　内妻のサユリとの出会い。これはＯＫだ。

　紙切り与作さんの金歯。気持ち悪い。

　ちっぽけな師匠の骨壺。やっぱ悲しいよね。

　児童養護施設の上品な婦人。良い人に会えた。

　多摩川の夕陽。心の底から泣けてくる。

　わずか数日しか経ってないのに、どれもみな遠い昔の話のように思える。もちろんバッグの中で鎮座するジョニーの遺骨は何も話してくれなかった。

ケータイの画面に目を移すと、すでに三時を過ぎている。おいらはあわてて席を立ち、支払いをすませて店外に出た。マウンテンバイクにまたがり、モノレール下の広い道路を突っ走る。

遠くにレインボーブリッジが見えた。海ぞいにひらけた土地なので、寒風がどっと吹きつけてくる。

冬のお台場にチャリでやってくるバカは、おいらのほかにいないだろう。天候が変わり、冷たい雨がふってきた。年明けから、何をやってもうまくいかない。ずっと不運がつづいている。

つらい時には笑うしかない。

モノレールの《ゆりかもめ》が頭上を通りすぎていく。びしょぬれになったおいらは、ペダルをこぎながら大声で叫んだ。

「雨よふれーッ、風よ吹けーッ、ジョニー・ゲップは永遠に不滅だぞーッ！」

だれもいない真冬の大通りを猛スピードで走った。

埋め立て地なので道が平坦だ。グングン加速し、どんどん体が冷えていく。寒くて上下の歯がガチガチと鳴った。それでも気分は最高だった。

予選会場のパナソニックホールに着いたころには、唇が真っ青になっていた。

受け付けに行って、番号と名前を告げた。

「百三十三番、ジョニー・ゲップ・ジュニアです」

「えっ、エントリーしたお名前はジョニー・ゲップとなってますけど」

「ジュニアをつけ足しました。いけませんか」

「かまいませんよ。はい、次の人」

整理にいそがしい女性スタッフが、めんどくさそうに言って楽屋へ通してくれた。

楽屋といっても、鏡さえない小部屋だった。

朝の十時から始まっている予選は、Aから順に三十人ごとに区切られ、受け付けをすませてから舞台にあがるのだ。

控え室には、テレビで見たことのあるピン芸人や、まったく無名の芸人さんたちがいた。みんな思いつめた表情をしている。場の雰囲気に圧倒され、おいらは廊下の奥へ行って深呼吸した。

衣服がぬれているので寒くてたまらない。

「おい、ヒゲの助。なに震えてんだ。そんなことじゃ舞台をしくじるぞ」

「えーッ！」

ふりかえったおいらは絶句した。そこには、かつて師匠の相方だった貧乏芸人のモンダさんが突っ立っていたのだ。

人の縁はどこまでもつながっている。

昨日初めて会って別れたのに、今日また再会した。それもこれも師匠の霊魂がみちびいた道順のような気がする。

モンダさんが照れ笑いした。

「面目ねぇが、やっぱり舞台の味が忘れられなくてな。はずかしながらR１グランプリにエントリーしたのさ。ま、本来の実力はだせたと思うよ」

「それより、昨晩はサユリ姐さんと一緒だったんでしょ」

「例のブルガリの時計を早く換金しろって。そして半分返せってさ。しかたなく質屋へ持って行ったら見事なバッタモンだった。質屋から受けとった二千円を千円ずつ分けるとき、ケンカになってなぐられた」

「千円単位の醜《みにく》い争いですね」

「結局、二千円は彼女にパクられちまった。ここまでの電車賃はなんとかなったが、晩飯代もないのさ。ヒゲの助、千円でいいから貸してくれねぇか」

「どうぞ、これを」

おいらはポケットからぬれた一万円札をとり出し、貧乏芸人に手渡した。

モンダさんが万札をさわりながら、思わせぶりな口調で言った。

「山間の石っころが、いったん都会の急坂を転げ落ちるとローリングストーンだ」

「譬《たと》えがよくわからないス。もうすぐサユリ姐さんがこの会場にやって来るんですけど」

「まずいよ、そりゃ。あんな女とかかわったら命がいくつあっても足りねえぜ。またな、ヒゲの助」

自分の出番が終わっているモンダさんは、あわてて会場外へ逃げ去った。

このままぬれた服を着ていたら風邪をひいてしまう。おいらはトイレへかけこみ、上着とズボン、セーターまで脱いだ。

よけいに寒くなった。

ブリーフ一枚で楽屋にもどり、ハンガーを借りて通風孔の前に干した。他の芸人さんも変テコな格好をしているので注意をされることはなかった。

おちつく間もなく出番がやってきた。

服が乾ききらない。しかたなくブリーフ一枚で舞台そでに並ぶことになった。元来、芸人は裸虫だ。恥ずかしさなんてない。そんなものはジョニーの弟子になったときにかなぐり捨てた。

ちらりと客席をのぞくと女性客でいっぱいだった。最近はお笑いブームで、どの会場にも若い女たちが押しかけてくる。

女性客が多いと笑いがとりやすい。

だが、出場者はみんな苦戦していた。舞台上のベテラン芸人が、古くさいギャングネタを黒服とサングラスで演じたが、まったくうけなかった。二分の短い時間では、長年きたえた芸も空回りしてしまう。

そのあとアマチュアの青年がよろめきながら舞台へ上がった。照明をあびて頭が真っ白になったらしい。セリフを忘れて棒立ちとなった。結局、一言もしゃべらないまま魔の二分がすぎた。

五人続けてすべったので、会場は冷えきってしまった。すでに百三十人以上の芸人を見てきた観客たちはだらけきっている。

ＭＣの若手芸人がおいらの出場名を呼んだ。

「つづくは、ジョニー・ゲップ・ジュニア！」

胸の高鳴りをおさえ、おいらはブリーフ一枚で勢いよく舞台へとびだした。寒さと緊張で両膝がガクガクする。

立っているのがやっとだった。

それでも何度もやったネタなので口だけは動いていた。リズムネタはすこぶる安易なのだ。いったん決まった擬音を発すると楽に前へ進める。

「ハーイ、リンリンリリン、リリリリリン。学園天国パートワン。ぼくの中学校ではいろんなことが起こるんだ。今年のバレンタインデー、同級生のサヨちゃんにこっそり体育館裏に呼び出され……。チョコをもらえるのかと思ってたら、強烈な右パンチをもらっちゃった！　でもぼく泣かない。チョコのかわりにパンチ。チョコパーンチッ！」

創作ではない。じつは実話だった。

意外にも爆笑がおきた。その中心人物は客席の真ん中にいた。サユリ姐さんが他の客をリードするように大声で笑ってくれていたのだ。

心強い味方だ。おいらはリズムネタをつづけた。

「学園天国パートツー。ハーイ、リンリンリリン。ぼくみたいに可愛い男の子は、どうしてもイジメにあってしまうんだ。毎日上履きを隠され、砂場の砂をぶっかけられ、トイレに入ったら外から戸を閉められちゃう。『おーい、ジョニーがうんこしてるぞ！くっせーッ』『やめろよ、サヨちゃんに聞こえるじゃないか！　僕はただトイレの個室で一人になりたかっただけなんだ。うぅん……出たっーッ』」

これも実話だ。どうしようもない下ネタだが、サユリ姐さんが大げさに笑い転げた。誘い笑いはとても効果がある。周囲の女性たちもつられて笑っている。

調子づいたおいらは、ラストまで一気にやりきった。

「学園天国ラスト！　ハーイ、リンリンリリン、修学旅行なんて大っ嫌いさ。バスガイドが最高のブスだし、バス移動の途中で隣の剣太郎くんが僕の膝にゲロ吐いた。せっかくトランプを持って行ったのに、クラスの全員がトランプを持ってきてた。旅館で枕投げをしてもぜんぜん決着がつかない！　どうすりゃいいんだよ。そしていま、僕の布団に……恐いオカマの番長が入ってきた。つづくぅ！」

もちろんこれは作り話だ。

きっちり二分の持ち時間を使い切った。一礼して退場するおいらの背中に、サユリ姐さんのあたたかい拍手が伝わった。

控室に戻って、生乾きの衣服を身にまとう。すごく気持ち悪いが、風邪をひくよりマシだと思った。

おいらの前に出場した黒服のベテラン芸人が、鼻毛を抜きながら言った。

「あんちゃん、結構やるな」

「ありがとうございます」

「そうじゃねえよ。会場にたくさんのサクラを仕込んでたろ。うけるはずの無いところで笑いが起きてたしな。見え見えだよ」

「すいません。知り合いが勝手に会場に来ちゃって、盛り上げてくれたんスよ」

「良いってことよ。それも実力のうちさ」

「こんなことは二度としませんから」

おいらは深ぶかと頭を下げた。

ベテラン芸人がもう一本鼻毛を抜きながら言った。

「いいかい。《この世はすべてヤラセ》なんだ。だからインチキをしてもいいから勝ち残れよ。わかったな」

「……よくわかりました。失礼します」

もう一度頭を下げ、おいらは控え室から出てきた。

パナソニックホールの長い廊下を歩きながら、おいらは彼の言葉を何度もかみしめた。

まさに名言だった。

九年間通った劇団の先生方は、いつもこう言っていた。

『この世はすべて舞台』、そして『人はみな役者』だと。

でも、おいらはベテラン芸人の言葉の方が正しいような気がする。

『この世はすべてヤラセ』、そして『人はみな大根役者』なのだと。おいらはネタ帳をとりだし、売れないベテラン芸人の言葉を書き記した。

おいらが役者をやめて、お笑い芸人を志したのも、まじめくさった世の中に反抗したかったからかもしれない。救いがたい大根役者にも悲しみの心があり、時によってはそれが不幸な人々の笑顔を生み出すこともできるのだ。

裏口から出ると、思ったとおりサユリ姐さんが待っていた。幸い、モンダさんとは顔を合せなかったらしい。

お笑い芸人オタクが、獲物をつけ狙うような視線で言った。

「チョビ、見直したよ。ピン芸であれだけ笑いをとれるなんて」

「会場で本当に笑ってたのは姐さんだけですよ」

「そんなことない。芸歴九年のキャリアはホンモノだったんだね」

「お笑いに転向してからは、まだ一ヶ月ですけど」

「今夜は二人っきり、徹夜で初舞台のお祝いをしようよ。ジョニー・ゲップ・ジュニアの誕生だしね」

「お断りします。三学期が始まるので家に帰らなきゃならないし」

「三学期！」

「明日から学校です」

「まさかあんた大学生なの？」

「いえ、中学三年ですけど」

「中学生？　中坊！　どこまであたしをバカにしてんのよッ」

サユリが目を丸くして言った。

おいらは冷静にこたえた。

「ほら、ジョニー師匠がいつも言ってたでしょ。大落ちはじっくりためて、いちばん最後に言えって。それに姐さんから一度も年齢を聞かれたことなかったですし」

「いまやっと判ったわ。あんたが酒もタバコもやらず、女も知らず、ストリップ劇場にも入らなかった理由が」

「ええ、十五歳じゃ酒やタバコは無理ですよ」

「そうでしょうとも。童貞なのも当たり前よね。通夜であんたを一人前の〝男〟にしてあげてたら、いまごろ警察に捕まってたわね」

ショックをうけたサユリ姐さんが、ふぅーっと長い息を吐いた。

おいらはマウンテンバイクにまたがって言った。

「今夜は徹夜で冬休みの宿題をやるんで、お先に失礼いたします」

「なによ！　そのとってつけた中学生らしいしゃべりかた。一次予選の結果発表を見ないで帰るの？」

「大丈夫です。それならインターネットで知ることができますから」

「チョビ、かわいくないよ」

「明日の夜、根岸のアパートに自転車をとりに行きますんで、よろしく」

軽くピースサインをしてペダルをこいだ。雨はあがっていた。しかし、海から冷たい夜風が吹き渡ってくる。

目の前を行き過ぎる生と死。

そしてあふれる涙と笑い。

天才ピン芸人ジョニー・ゲップが仕掛けたラストショーは最高だった。

もし師匠がR1グランプリにエントリーしていなかったら、そして急死しなかったら、おいらの出番はなかったろう。

ワンブロックほど進み、チャリをとめてゆっくりとふり返った。暗く沈んだ冬空の下、レインボーブリッジの青白いイルミネーションが夢幻のごとく光っていた。

第六章　パイレーツ・オブ・カリビアン

早めに起きて洗顔をすませた。鏡に映った自分の顔が子供っぽい。鼻の下にチョビヒゲがないので、実年齢の十五歳に見える。

「まだガキだな、お前」

おいらは鏡の中の自分に言った。

昨晩、十日ぶりに千駄木の自宅マンションにもどったが、部屋にはだれもいなかった。

母子家庭なので、当然母と二人暮らしだが、親子関係はとてもクールだ。母の月影涼子はハリウッド女優のメグ・ライアンに似ていて、気性がさっぱりしている。六本木のジャズバーの雇われママで朝帰りすることが多い。

おいらは母のことを『メグ』と呼んでいた。

そうすると、とても機嫌がいいのだ。

根っからの横浜《ハマ》っ娘《こ》なので、しきたりにしばられない自由奔放な性格だった。年下の若いミュージシャンを連れて帰ることも日常の一部だ。ピアニスト、ドラマー、トランペッター。男たちをみんな合わせれば立派なジャズバンドができあがる。

実父の西郷五郎は売れない三流ギタリストだったらしい。しかし、おいらが生まれた時にはもう日本にはいなかった。妻子を捨て、カリブ海のジャマイカに渡ってレゲエダンサーになったという。

それ以後、十五年間も音信不通だった。そのせいか、同じ年くらいの友人と遊ぶより、さえない中年男たちと話している方が気持ちが安らぐ。

重症の〝ファザコン〟だと自覚していた。

母は天下無敵の放任主義だ。一人息子のおいらと十日以上も顔を合わせなくても、まったく心配する様子はなかった。きっと自分も十代前半から横浜《ハマ》でブイブイいわせてきたのだろう。

いつものように自分で目玉焼きをつくり、堅焼きのトーストをかじる。

朝食を食いおわったころ、二日酔いの母が帰宅した。

「おや、禅《ぜん》。帰ってたの」

「メグ、今日から三学期なんだよ」

「そうだっけ」

母はテーブルの前に腰をおろした。おいらは目を合わさないまま、オレンジジュースを飲みながら言った。

「もうすぐ高校受験なんだけどさ。おいら進学する気ないんだよ。フリーの芸人になるつもりなんだ。それでいいだろ」

「かまわないよ。禅が決めたことなら」

「じゃあ、担任の高原先生にもそう伝えとくよ」

「でもさ、九年間通った《NHK東京児童劇団》はどうすんの。そっちは続けた方がいいと思うんだけどなァ」

母にとって、高校進学より芸能活動の方が気がかりらしい。

九年前。小学一年生だったおいらは、母に連れられて渋谷の神南《じんなん》にあるでっかい放送局に行った。

生まれて初めてのオーディションだった。

そこは、かつて黒柳徹子や有名な役者たちが学んだ公共放送専属の児童劇団で、小一から高三まで十二年間も演劇を一貫教育してくれる。

しかも、他の児童劇団みたいに高いレッスン料はとらない。出演料は全額当人に支払ってくれるのだ。

オーディションの基準はわかりやすかった。合格したのは育ちの良い美少女ばかりだった。一方、男児のほうは庶民的なジャガイモ顔の連中が選ばれた。

小一のおいらは、それからプロの子役としてドラマなどに出演したが、いつもめだたない役ばかりだった。主役は大手芸能プロダクションに所属する子供たちがもっていく。

公共放送の児童劇団の経営は、民間の受信料金で成り立っている。援助をうけているおいらたちは良い役がもらえないのだ。

何の演技訓練もしていないヘタクソな子役たちが、わが者顔で長いセリフをしゃべっているのを、おいらは指をくわえてみつめるばかりだった。

それでもしぶとく食い下がり、ついに当たり役をゲットした。

農村の少年や戦争孤児を演《や》らせたら、月影禅にまさる者はいないとまで言われた。役がつくたびにバリカンで丸坊主にされるので、あんまり嬉しくもなかったけど。

そのうち、えらい作者先生が書いた台本がつまらなく思えてきた。

仕事柄さまざまな小説を乱読するうち、テレビドラマの脚本がとてもチープなものだと気づいたのだ。なによりも子役同士でセリフを取り合うのがイヤになった。

自分で書いて、自分で演じる。それができるのはピン芸人だけだ。師匠のジョニーのところに入門した第一の動機はそれだった。

しばらく考えてから、おいらは母に告《つ》げた。

「メグ、劇団もやめるよ。一人でフリーでやっていく」

「だったら、それでいいよ。……最近、あんたはお父さんそっくりになってきた。とぼけた顔も、でたらめな考え方も」

「そうかな。でもおいらはオヤジの顔も知らないしさ」

「じつは五郎から十数年ぶりに年賀状が届いたの。馬鹿馬鹿しいので、すぐに破って捨てちゃったけど」

「ひどいな。メグ、何て書いてあったの」

おいらは身をのりだした。

母の涼子が放り投げるように言った。

「レゲエダンサーをやめて、今度はカリブの海賊になりますだってさ」

「それって、ジョニー・デップの《パイレーツ・オブ・カリビアン》のパクリじゃん！」

「まったくあきれちゃうよ。五郎はどこまで能天気なんだろ」

「おいらのこと、何か書いてなかった？」

「一行だけ書いてあった。『禅はいそげ』って」

「今度はダジャレかよ！」

思わず、サマーズの三村みたいにつっこんだ。

母が、吐息しながら言った。

「十五年前。私があんたを身ごもった時、五郎が名前だけは考えてくれたの」

「禅だろ。気取りすぎで、あんまり好きな名じゃないけど」

「でも《禅》がサイコーなんだってさ。若いころ彼は禅にハマって、京都の禅寺で修行してたとか言ってたし」

「ちょっと待って、メグ。その話、どっかで聞いた気がする」

　話をさえぎり、おいらは必死に胸の鼓動をしずめた。

　これって最悪のシチュエーションだ。二日前、仔猫たちを抱えて三ノ輪の工務店へ行ったとき、ふんどし兄さんから聞かされた逸話と怖いほど似通っている。

『孤児院育ちのジョニーは、若いころ京都の禅寺で修行し、やがて横浜で純な娘にひとめぼれして結婚。子供も生まれたが、家庭生活に飽きて放浪の旅にでた』

　もはや偶然の一致ですまされない。ガチ中のガチだ。禅という名の謂《い》われがあまりにもリアルすぎる。

　アドレナリンが全身の血管で激しく波打っている。あまりにも馬鹿げているが、師匠のジョニーはおいらの実父なのだろうか。

　そうだとしたら、師匠との劇的な出会いも運命論でかたづけられる。入門テストの際、月影禅と名乗った少年をみて、すぐにわが子だと気づいたはずだ。けれども、実の息子を借金の保証人にするような父親がいるだろうか。

いや、確実に一人だけいる。

その名はジョニー・ゲップ！

しかし、いくつかのほころびも垣間見える。母の涼子は横浜育ちだが、けっして『純』ではない。横浜《ハマ》の不良娘だったと本人が高言している。それに父の西郷五郎という名前が気になった。

戸籍上、ジョニーの実名は北条剣太郎のはずだ。法治国家の日本で偽名では入籍はできないだろう。

だが天才ピン芸人ジョニー・ゲップなら、どんなことでもやりかねない。

おいらは平静を装って母に問いかけた。

「こんなこと初めて聞くけどさ。ちゃんと籍は入れたの」

「もちろんちゃんと結婚式を挙げ、生まれた赤ちゃんは《私の籍》に入れたわよ。だからあんたは西郷ではなく、月影って姓なの。そんなことも知らなかったのかい」

薄々気づいていたが、深く詮索《せんさく》しなかっただけだ。

思っていたとおり、おいらは私生児だったのだ。それに西郷五郎って名前も偽名くさい。大昔の人気歌手の西郷輝彦と野口五郎を張り合わせただけの代物だ。

その場しのぎのやり口も、ジョニーそっくりだった。

おいらは、母を傷つけないようにあたりさわりのないことを言った。

「夫婦別姓なのかと思ってたし」

「バカだねこの子は。母親に遠慮して変に気をまわしすぎだよ。この際だし、ほかに聞きたいことないの」

「なら一つだけ。おいらの父親って人はとても背が低かったろ」

「決めつけないでよ。五郎はスラリとした長身ですごいハンサム。あんたも背が高いけど、五郎は百八十センチ超《ご》え。残念ながらあんたの顔は私に似てジャガイモ顔だけどさ」

絶体絶命の土壇場での逆転劇だった。

名前はいくらでも取り換えられるが、身長は両脚に接《つ》ぎ木しないかぎり高くはできない。実父の西郷五郎は北条剣太郎ではなく、チビのジョニー・ゲップでもなかったのだ。

おいらは高笑いした。

「カッハハ。ジャガイモ顔のおかげでＮＨＫ児童劇団にも合格できたしね」

疑念がサァーッと霧消して、晴れ晴れとした気分だった。

母もつられて微苦笑した。

「なによ、急に元気になっちゃって」

「きっとオヤジは、遠いカリブの浜辺で昼寝でもしてんだろうね」

「どうせあんたも、あたしを捨てて遠いところに行っちゃうんだろ」

「うん。そうなると思う」

おいらは正直に答えた。

こうしてあたたかい母の懐で十五年も育ててもらえば充分だ。手アカまみれのコメントだが、運に恵まれて芸能界で成功したら新築の一軒家をプレゼントしてあげる。

古時計に目をやると、七時五十分。

おいらはあわてて椅子から立ちあがった。

「やっべぇ、学校へ行かなくっちゃ。そうだ、悪いけど知人のところからバイトに通うので外泊が多くなるよ。そこンとこよろしく」

「わかった。渡しそびれたお年玉は、あんたの貯金箱に入れとくよ」

「OK。愛してるよ、メグ」

「私もだよ、禅」

たがいに投げチューをして、その場を離れた。

二人とも、母子でべたつくのが苦手だった。あまりに存在が近すぎて、逆に言葉が空回りしてしまう。本気で正面から向かい合うことができなかった。

いそいで個室にもどったおいらは、勉強机の上に置いてある骨壺に両手を合わせた。

「師匠、行ってきます」

「………」

やはりジョニーは何も答えなかった。

自宅マンションを出たおいらは、早足で動坂を上がっていく。

それにしても父の五郎がカリブの海賊に転職するという話は笑える。師匠のジョニー・ゲップが、単独ライブで演じた《海賊船長ジャック・スパロウ》とだぶっていた。

一度も見たこともない父の顔が、しだいに本物のジョニー・デップ寄りになってくる。

妄想が広がっていく。

ハリウッドスターの本物のジョニー・デップが父親だったら！

そう思うとゾクゾクした。おいらの根深い〝ファザコン〟は、ますます悪化しているらしい。

「お早うースッ」

元気な声にふりむくと、動坂公園の方向から藤堂健が駆けてきた。

健は少年野球チームのエースピッチャー。それに全国模擬試験で三十位になったほどの秀才だ。小四のときからずっと同じクラスで冗談の言い合える親友だった。

二人は通学路をならんで歩いた。

「禅、冬休みのあいだどこへ行ってたんだよ。ぜんぜん連絡とれないし」

「一人で浅草をほっつき歩いてた」

「大丈夫か。受験も近いしな」

「おいらはまったく平気さ。高校進学しないと決めたんだ」

「かっこいいーッ！　でも、それはちょっとやり過ぎだぜ。考えなおせ。くやしいけど、俺たちの将来のほとんどは学歴で決まる。それくらいわかってるだろ」

すなおに育った健が、彼らしい言い方でたしなめた。たしかに十代を勉強で塗り固めた連中は安定した生活が送れるだろう。だけどおいらは、二度ともどらない輝かしい青春の日々を気分よく浪費していた。

どっちが幸せか、答えは決まっている。

親友の助言を、おいらは右から左へと受け流した。

「健、説教くせぇぞ。定番のアリとキリギリスかよ」

「いや、健と禅さ。なんにも悟《さと》ってねぇ劣等生なのに、大げさな名前つけやがって」

「まったくだ。で、お前は開成高校へ行くんだろ」

「家が近いしな。鼻歌まじりに歩いて五分」

「いちどでいいから、おいらもそんなナマイキなこと言ってみたいよ。冷血でド近眼の勉強マシーンめ」

「俺、平熱だしメガネもかけてないし。裸眼で2・0」

いつもの調子で言葉のチャンバラを楽しんでいた。

波長の合うこいつとなら、漫才コンビを組めば天下がとれるだろう。そして誘えばきっとノーとは言わないはずだ。

勉強部屋にとじこめられた健もまた、必死に出口を探しているのだ。でも危険地帯の芸能界に親友をみちびくわけにはいかない。

「何の能もないお前は東大にでも行ってろ」

「くっそー、腹立つな。俺はさ、禅のことを人生最大のライバルだと思ってるんだ。すごいよ、お前は」

「背は高いが偏差値は低い。このおいらを？」

「ほかのみんなは目を血走らせて猛勉強してるのに、お前ひとりだけがフラフラと浅草をさまよってる。だれもマネできない。あこがれの勇者だよ」

「そう考えてるのは健だけさ。マジメが売りの生徒や先生たちは、落ちこぼれのエイリアンにしか思ってない」

「担任の高原先生は話が通じるよ。いっぺん進学について相談してみろ」

「ああ、機会があったらな」

健の思いやりがうれしかった。今度は受け流さず、忠告を笑って受け入れた。

そして、すばやく話を〝健の悩み〟に切りかえた。

「立花美和とはうまくいってんのか。恋と受験の両立は大変だろ」

「ご安心を。見事にフラれちまったよ。全国模試で二位になった松方が調子にのって美和にアプローチしたらしい。美和のやつ、ほいほい付いていった。開成高校確定の松方と、開成ギリギリの俺じゃ勝負はついてる」

「これで三度目だな。美和にフラれたの」

「いや、九回目だよ。小学校一年生の時から毎年一回フラれてる。もうフラフラさ」

両想いの純愛なんてくだらない。でも、まっしぐらの片想いは応援したくなる。おいらは手をかすことにした。

「健、おまえはえらいよ。同じ相手をずっと追っかけて、ほかの女生徒には目もくれない。予言しとく、将来かならず藤堂建と立花美和は結ばれる。これからおいらが美和を呼びだすから、今日もう一回アタックしてみろ」

「恩にきるぜ、禅」

天祖《てんそ》神社をぬけると、左脇に通いなれた千駄木中学校がある。

遠目に生徒会長の美和の姿が見えた。おいらは駆け足で彼女の前にまわりこんだ。

「立花さん、あけましておめでとうございます」

「なによ今ごろ」

「ちょっと話があるんスけど」

「早めにすませて」

「健が言っておきたいことがあるんだって。ほら、あの天祖神社の鳥居の下にいるから、行ってやってくんない」

「あんたって、パシリなの。みっともない」

美和が小馬鹿にした口調で言った。おいらはすなおにうなずいた。

「はい、そうです。先祖代々のパシリです」

「むかつく、その言い方。月影くん、あんたってチョット見すると背が高くてイケメンだけど、よく見るとバカ顔だよね」

「当たり。美和さんは完ペキな美人ですよね」

「あんたって、サイテー」

「それも当たり。そして美和さんはサイコー」

「ふざけないでよ」

「とにかく、健が待ってるから行ってやって」

そう言い残し、おいらは校門をくぐった。

ちらりとふりかえると、早くも健が鳥居の下でうなだれていた。やはり今回も撃沈したようだ。泣くな健。お前の方が彼女より品格はずっと上だ。

型どおりに始業式は終わり、三学期最初のホームルームが三年一組の教室ではじまった。担任の高原先生がおもむろにいった。

「三年の三学期は卒業の季節。そして別れの時期だよな。今日、一足早くお別れすることになったお友達がいます」

教室内が少しざわついた。

高原先生が手で制し、格調高く話を続けた。

「稲永ナオミさんが、母国のバングラデシュに帰ることになりました。一緒に過ごした三年間を思い出しながら、みんなで送ることにしましょう。では生徒を代表して立花美和さんに送別の言葉を贈ってもらいます」

生徒会長をやっているだけあって、美和は先生方に受けがいい。男子生徒だけではなく、女生徒にも人気があった。

それに、生徒会長をやっていると内申書が2点も上乗せされるのだ。一流高校をめざしている彼女は、そのことを知った上で会長をつとめていた。

美和が自分で書いてきた原稿用紙をとりだして読み上げた。

「思いおこせば楽しい中学校生活でした。特に稲永ナオミさんとは三年間もクラスが一緒で、懐かしい思い出がいっぱいあります。体育祭では二人ともリレーの選手で、バトンもうまくリレーして一位になりました。また修学旅行ではいつも隣の席でお菓子を分け合って食べましたね。それもこれも今となればすべて楽しい思い出です。バングラデシュに帰国しても、千駄木中学校の私たちクラスメートのことを忘れないでください。私たちもいつまでもナオミのことを忘れないからね。生徒代表、立花美和」

最後はわざとらしく涙声になっていた。

あまりに演技が下手なので、おいらはすっかり白けてしまった。肌の色が違うナオミを率先していじめていたのは優等生の美和だった。人のよい高原先生はそのことを知らない。

美和が自分の席に着いた。つづいてナオミが立ちあがり、教壇の前に行って別れの言葉を話し出す。

「美和さん、送別の言葉ありがとうございます。この三年間、本当につらい毎日でした。特に生徒会長の美和さんには毎日のように陰湿なイジメにあってきました。この場でお礼を言わせてもらいます」

がぜん送別会は盛り上がった。

右隣の席にいる美和を見ると、耳たぶまで真っ赤にしていた。

ナオミは淡々と、自分をいじめた者たちの名を言いならべた。それはまるで自殺した生徒が遺書に書き残した名前のようだった。

担任の高原先生も〝ナオミの復讐〟をとめられなかった。両腕を組み、唇をかたく結んでいる。

すると、突然おいらの名前がひときわ大きな声で告《つ》げられた。

「そして、月影禅クン！」

「はいッ……」

おいらは思わず返事して、起立してしまった。ナオミをいじめたおぼえはないが、彼女はおいらの顔をにらみつけて言った。

「月影クン。あなただけが一度も私に対してイヤなことを言ったことがない。いつも声をかけてくれて、笑顔で冗談ばかり言ってた。おしゃべりだけど、ほかの人のように『キモイ』とか『ダサイ』とか決して口にしなかった。勉強はできなかったけど、だれよりもやさしかった。そんなあなたが……」

たっぷり間をおいて、ナオミが言ってしまった。

「好きです！」

「うおおおーッ」

男子生徒たちがどよめいた。

そして、女子生徒らは失笑した。これが学校コントなら最悪のオチだ。おいらはヒザの力がぬけ、そのまま椅子にへたりこんだ。

放課後、高原先生に居残りを命じられた。

音楽室で担任と二人きりで話し合うことになった。

「まったく前代未聞の送別会だったな。まいったよ、あんな流れになるなんて」

「まいったのは、おいらのほうですよ。いきなり稲永さんに告《こく》られて、みんなの笑い物になっちゃいました」

　じっさい男子生徒には冷やかされ、女生徒には後ろ指をさされた。

「そのことについては、お前を見直したよ。いじめられっ子のナオミを守っていたのが、お調子者の月影だったとはな。そして優等生の立花が、裏であんなことをやっていたとは知らなかった。教師失格だよ」

「先生はまちがってません。学校内では勉強ができる生徒が善で、勉強ができない生徒が問題児ですから。それでいいと思います」

「ふしぎだな。それだけ口が達者なのに、なぜ赤点ばかりなんだろ」

　高原先生は苦笑するばかりだった。

　おいらは事務的に言った。

「母と相談したんスけど、高校へ進学しないことにしました」

「待てよ、月影。そのことを話したくてここへ呼んだんだ。中学卒業間近になっても、まだ進路が決まってないのはお前ひとりだけだ。今ならまだ充分に間に合うから、受験だけはしてみろ。お前の学力で通る高校はいくらでもある」

「けっこうです。フリーのお笑い芸人になるって決めましたから」

「それなら、なおさら学歴が必要だぞ。最近はお笑いブームだが、テレビでよく見る

《くりぃむしちゅー》のコンビは早稲田と立教出身だし。中堅の《オリエンタルラジオ》は慶應と明治だろ」

「よく知ってますね、先生。でもおいらの尊敬するラジオスターの伊集院光《いじゅういんひかる》は、中卒だけど大学教授に匹敵するほどの膨大《ぼうだい》な知識量を持ってます」

「まったくお前ってやつは口から先に生まれてきたような。……もしかしたら経済的な理由なのか。だったら育英資金もあるし」

「それは、すぐれた青少年を教育するための教育援助でしょ。知ってのとおり、おいらはただのなまけ者だし」

「しぶとい。でもな、まだ先生はあきらめんぞ。クラスで、いや学年で高校進学しないのはお前一人だ。あとでかならず高校だけは行っとけばよかったと思う日が来る。今週の土曜、ご自宅へうかがってお母さんをまじえて三人で話し合おう。いいな、それで」

高原先生は、最後までサジを投げなかった。おいらはうなずくしかなかった。

「はい、それでいいです」

「よし、帰れ月影」

やっと解放された。ベテラン教師だが、いまでも熱血指導だった。毎日手書きの学級新聞をプリントして生徒にくばっている。

注意は少なく、生徒たちの美点ばかりが記されていた。

いちばんほめられてきたのが、生徒会長の立花美和だった。

おいらも一年間で一回だけほめられた。『とても音読がうまい』と。プロの子役だからあたりまえなのに。

音楽室を出たおいらは、一人で帰ることにした。

獲物は帰り道で襲われるらしい。動坂公園横の小道を歩いていると、同級生の女生徒二人があらわれ、おいらの両腕をかかえこんだ。

「禅、こっちへおいでよ。話をつけたいから」

「何だよ、タイガースファン。猛虎《もうこ》みたいに怖い顔してさ」

「巨人の坂本ファンだよ。よくもホームルームで恥をかかせてくれたわね。禅、あんたナオミとつるんでたでしょ」

「あっ、そのことか」

おいらを待ち伏せた彼女たちは、ナオミが名を告げた〝いじめグループ〟だった。

「あんなこと担任の前で言われたら内申書が下がるでしょ。一流校の入試は一点差の争いなの。どうしてくれんのよッ」

左右から脇腹を拳で突かれた。

今日もまたなぐられた。痛くはない。サユリ姐さんの破壊的な正拳突きにくらべたら、モスキートに刺されたていどの打撃だった。馬鹿馬鹿しくなって笑ってしまった。

そのことが彼女たちをさらに怒らせ、もう二発ゆるいパンチをくらった。

「お二人さん、やめてくださいよ」

「男だろ、お前。その気になれば、体もでかいし、私たち二人ぐらいかんたんにぶっとばせるでしょ」

「かんたんだけど、やんない。おいらが手をだせば、君たちはすぐに高原先生のところへ行ってウソ泣きをして言いつける」

「勉強できないくせに、変な知恵ばかり」

「勉強できるくせに、悪知恵ばっかり」

びりっけつの成績で中学時代をやり過ごしたおいらだが、言葉遊びの格闘技なら自信がある。偽秀才の女生徒どもを、まとめてリング外へ叩きだすことぐらい簡単だった。

だが、ちょっと言いすぎたようだ。

マジメなガリ勉女たちにジョークは通じない。思いっきり顔面を張りとばされた。

そしてズルズルと公園内に連れこまれた。

奥の二つのブランコに、美和とナオミがのっていた。

美和が天使のような笑顔で言った。

「ここでナオミのお別れパーティをしようと思うの。禅、あなたがサポート役よ」

悪だくみを考えついた天使の顔は最高に美しい。

昨日、R1グランプリで演じた〝学園天国パートワン〟のネタは彼女がモデルだった。バレンタインデーに、そっとおいらを体育館裏に呼びだし、チョコを渡すフリをしてパンチをくれた。あの〝チョコパンチ〟のヒロインは美和だったのだ。

今日もまた、あの時と同じ笑みを浮かべていた。

「ナオミと禅は、本当にお似合いのカップルね。ダサくてウザくて頭が悪い。さ、ここでお別れのチューをしなさいよ。ナオミ、それが望みなんでしょ」

「いいえ、わたしは……」

ナオミは大きな体をちぢこませた。

ティナ・ターナーみたいな褐色の巨体なのに、気持ちがやさしすぎる。さっきの告白は命がけだったようだ。

これまでの上下関係はくずせない。やはり美和の前に立つと萎縮しきっていた。

三人の優等生らが楽しげに歌いだした。

「ナオミのキッスが見た〜い、二人のキッスが見た〜い、ぶさいくなキッスが見た〜い」

胸クソの悪くなるような歌だった。

だけど非力なおいらは制止できなかった。三人の歌声はますます高まった。すると何を思ったか、ブランコから立ち上がったナオミが一直線においらのところへやってきた。

正面から目が合った。薄茶色の悲しい瞳だった。

「ごめんネ」

短く言って、ナオミが強引に唇を重ねてきた。

ぶ厚くて生あたたかい唇。遠く異国の香りがした。それはバングラデシュの湿地帯の泥の味なのかもしれなかった。

気の遠くなるような長い長い口づけだった。

ショック状態で、おいらは立ちつくした。

想像もしなかった初キッスに、全身の力が抜けていく。まさか、あのでっかい《ティナ・ターナー》に唇をうばわれるとは思ってもいなかった。

女生徒たちの歌声が消えた。

陰湿ないじめが、かえってナオミの勇気に火をつけたのだ。そっと唇を離したナオミは、今度は美和たちに向かって突進した。

「ウオーッ」

黒ヒョウのようにほえ、三人を次々となぎ倒した。

卑怯《ひきょう》なようだが、女たちの争いに巻きこまれたくなかった。おいらは後を見ずに公園から脱出した。

自宅マンションにもどると、すでに母は仕事に出かけていた。ここは知られているので、女生徒たちが押しかけてきそうな気がする。

服を着替える時間の余裕がない。おいらは学生服のまま外出することにした。マンションの自転車置場に降り、与作さんから借りたマウンテンバイクにまたがった。

今日は夕方四時までに根岸の金満組事務所に行って、電話番のアルバイトをしなければならないのだ。山手線の内側にある千駄木は古くからの下町だ。西日暮里のガード下をくぐると、根岸までは十五分で行ける。思い返してみても、やはり女子中学生は苦手だ。

マウンテンバイクをこぎながら、『かたぎの娘とはぜったい関《かか》わりたくない』とつくづく思った。

小さいころから、芸のある女性が好きだった。

その意味では、ダンサーのサユリやパティシエのチャコなどは点数が高い。ナオミも絵画に才能があって、東京都から絵画部門の金賞をもらっていた。でも、〝初キッス〟の相手としては存在と体重が重すぎる。

見なれた根岸の角地をまがり、どんづまりにある金満組の事務所前にマウンテンバイクをとめた。

「こんちわ。月影禅ですけど、バイトに来ました」

「おう、来たか。時間厳守が金融業の鉄則だ。あんちゃん、中へ入んな」

「失礼します」

礼儀正しく言って、事務所へ足をふみ入れた。

組長の金満一郎が、おいらの服装を見て口をあんぐりと開けた。

「何だ、その格好！　学生服なんか着て、チョビヒゲもねぇしよ」

「これが、ふだんの服装なんスけど」

「えっ、あんちゃん高校生だったのか」

「いいえ、中学生です」

「げっ！　よけいに悪いよ」

つるっぱげのヤクザが、どーんとソファにもたれこんだ。

今日は着替える時間がなかったが、いつも根岸の師匠宅に来るときは大人びた格好をしていた。サユリ姐さんと同じく、組長もおいらの年齢を思いちがいしていたらしい。

顔をしかめ、苦々《にがにが》しげに言った。

「ちくしょう、ジョニーの野郎め。弟子の中学生を保証人にして百万も借り倒すとは！」

「二百万じゃないんですか」

「利子を合わせると、それくらいの金額になるってことだ」

「ひどい。倍だなんて、まるでヤクザみたいじゃないスか」

「うるせぇ、こっちはもとからヤクザなんだよ。それにひどいのはお前たち師弟だろ。グルになってだましやがって。中学生の保証人なんて警察に知れたら、児童福祉法違反で捕まっちまう」

「じゃ、二百万の借金は」

「ドブにすてたと思ってあきらめるよ」

「それじゃおいらの気がすまないスよ。人手不足のようですし、電話番ぐらいはさせてもらいますよ。時給千三百五十円で」

「てめぇら師弟は、どこまで強欲なんだ。まったくあきれちまうぜ」

怒りを通りこし、組長はゲラゲラ笑いだした。

おいらも作り笑いでごまかした。

その時、奥の部屋からセーラー服の娘が顔をのぞかせた。

「どうしたの、なに笑ってんのよ。パパの笑い声をきくのは、怖いママが死んだ時以来なんだけど」

「みどり、人聞きの悪いこと言うな。こいつがフケ顔なので笑ってただけだ」

「初めまして、アンチョビ・ヒゲの助です」

おいらは、師匠からつけてもらった芸名を名のった。すると、組長の娘も笑いだした。鬼ガワラのような父親に似ず、日本人離れした彫りの深い顔立ちをしていた。

「変な名前ね。あんたいくつなの？」

「十五歳です」

「だったら、高一のあたしが一つ年上ね。バイトならいくらでもほかにあるでしょ。あまりうちみたいな所に出入りしちゃダメよ」

年上ぶって生意気な口調で言った。

非道なヤクザにも弱みはある。組長の金満一郎が猫なで声で娘にこびた。

「なんだかお前たちは気が合いそうじゃねぇか。電話番は俺がやっとくから、二人で浅草の映画館でも行ってきな。デート代は俺が出してやっからよ」

「パパありがとう。ヒゲの助、一緒に行こうよ。ちょうど《パイレーツ・オブ・カリビアン》の最新作をやってるし。あたし、ジョニー・デップの大ファンなの」

与作さんにマウンテンバイクを借りっぱなしだ。どのみち浅草には行かなければならない。それに連作の《パイレーツ・オブ・カリビアン》も観ておきたかった。

「バイトとしてならいいスよ。時給千三百五十円×三時間で四千五十円。それと別払いで二人分の映画代とお食事代」

「やるな、お前。最高のヤミ金になれるぜ。ほら、持ってけドロボウ」

組長が妙にやさしい声で言い、一万円札をおいらに手渡した。娘の前では話のわかる父親でいたいらしい。

机の上にあったマジックで、おいらは鼻の下にチョビヒゲを描いた。

みどりが首をひねった。

「変な顔、何よそれ？」

「おまじないさ。チョビヒゲさえあれば大人の芸人に見えるだろ」

「学生服にチョビヒゲなんて年齢不詳の変態じゃん。ヒゲの助っておもしろーい。一目で好きになったかも」

笑いながらおいらの顔を下からのぞきこむ。

両の瞳が少女漫画のようにハートのかたちになっている。一連の流れからみて、どうやらおいらは引きが強いらしい。『かたぎの娘とは金輪際《こんりんざい》関わらない』という誓いは、一時間たらずで達成された。

みどりは血統証付きのヤクザの跡継ぎ娘だった。かたぎの世界とは別次元に住む裏社会のプリンセスなのだ。

中卒のお笑い芸人が付き合う女としてこれ以上の相手はいない。ただ暴力的な悪い因子が、みどりの体内に潜在していないかどうかが心配だった。

無難な言葉でその場をとりつくろった。

「おいらなんかより、君たち親子の方が千倍おもしろいよ」

すると父親の金満一郎が上機嫌にこたえた。

「そうなんだよ、あんちゃん。俺たち親子は幸せな笑いでつながれてる。古女房が亡くなったあとも、たがいになぐさめあって笑顔をたやさず……」

娘のみどりが父親の話に割って入り、サッとおいらの手を引いた。

「パパ、行ってくるね。門限の十時までには帰りまーす」

「いい子だ、みどりは」

「決まってンじゃん。ヤミ金一代、金満一郎の娘だもん」

みどりが、こわもての父親を軽くあしらった。きっと父親の跡目を継ぎ、立派なヤミ金の二代目になることだろう。

表通りにでたおいらはマウンテンバイクにまたがった。

「浅草までチャリでいきましょう」

「ＯＫ、ヒゲの助。セーラー服と学生服か、こんな出会いをずっと待ってたの」

みどりも買い物用のママチャリに乗った。若い娘は苦手だが、ヤクザの組長の娘は別格だ。私生児のおいらと、どこかしら同じ匂いがする。彼女もまた孤独なアウトサイダーなのだと思う。

「レッツ・ゴー、みどり」

二人で走りだしたとたん、道のまがり角で小柄なヤクザと出くわした。四日前におい らをなぐったあのパンチパーマのチンピラだ。

「あっ、お嬢。どこへ行くんですか」

「四朗、道をあけてよ」

怒ったみどりが直進し、チャリでわざと四朗にぶつかった。やはり性格がとても荒っぽい。いや、《その女凶暴につき》とさえ映る。

その時、不運にもおいらは四朗と目が合ってしまった。

「チョビヒゲ。てめぇ！」

すごい目でにらまれた。もしかすると、チンピラは組長の娘にかなわぬ恋心を抱いているのかもしれない。おいらは四朗の脇をチャリで走り抜けながら言った。

「先輩、すいません。事情は組長に聞いてください」

必死にペダルをこいでスピードをあげた。みどりがおいらの名を呼んだが、けっしてふり返らなかった。そのまま一キロほど突っ走り、追いかけてくるチンピラをなんとか振り切った。

だが、世の中は甘くない。もっときびしい相手と国際通りで遭遇した。

急ブレーキをかけ、歩道脇にチャリをとめた。

「サユリ姐さん！」

「チョビ、ずっとあんたを探してたんだよ。きっと浅草あたりをぶらついているんじゃないかと思ってさ。そしたら大当たり」

「そうだったんスか。ごめんなさい」

おいらはペコリと頭をさげた。するとサユリがジロジロと学生服をながめた。

「こうして見ると、やっぱ中学生だよね」

「今日はこれからちょっと用事があって……」

おいらは愛想笑いをした。仇敵の金満一郎の娘とデート中だとは口がさけても言いだせない。

サユリが真顔になった。

「気持ち悪い作り笑いで何言ってんのさ、チョビ。その様子じゃ昨日のR1グランプリの結果を知らないね」

「わかってますよ、それくらい。あんな素人芸じゃ落ちて当然。芸歴十数年のモンダさんは通ったかもしれないけど」

「まったく逆だよ。陰気で貧乏くさいモンダは落っこったけど、初出場のあんたは見事に第一回戦突破さ」

「本当スか！」

「ネットカフェで検索したの。まちがいない。プリントしてきたから見てみなよ。太字が予選通過者だよ」

サユリから手渡されたプリントの紙を見た。百三十三番《**ジョニー・ゲップ・ジュニア**》の名がきっちり太字になっていた。師匠の相方だったモンダさんは細字のままだった。やはりフレッシュな新人の方が審査員の点数も甘くなるようだ。

「驚いたな。まさか通るとは思わなかった」

「すごいよ、あんたは。まだ中学生なのにさ、大勢のプロのお笑い芸人にまじって勝ち残るなんて」

「稽古《けいこ》をつけてくれた師匠のおかげです。それに会場をもりあげたサユリ姐さんのヤラセ笑いも」

「これであたしも、新しい生きがいができたわ。これからはジョニー・ゲップ・ジュニアを応援するからさ。なんならマネージャーになってあげてもいいわよ」

「お断りします。おいらはフリーでやっていくつもりですから」

ケンカっぱやいサユリと組んだら、うまくいく話もすべてぶっ壊れてしまう。おいらにはちゃんとジョニー・ゲップという守り神がついているのだ。

しばし勝利の余韻にひたっていたら、小娘のどなり声が背後から聞こえた。

「ヒゲの助ーッ、そんなとこで何やってんだよ！」

ふりむくと、ママチャリに乗ったセーラー服の女子高生の姿が目に入った。

会ってはいけない二人の女が、ついに出会ってしまったのだ。みどりがおいらの横にチャリを停めてサユリをにらみつけた。

「なによ、このおばさん」

ヤクザの組長の娘が、敵意をむき出しにして言った。

その横顔は、《パイレーツ・オブ・カリビアン》でジョニー・デップの恋人役を演じているキーラ・ナイトレイに似ている気がする。

「うるさいわね、この小娘！」

一方のサユリは、アンジェリーナ・ジョリーに生き写しなのだ。浅草の国際通りでハリウッド女優もどきの二人が激突した。

女の戦いに男は口出しできない。かえって火にアブラをそそぐだけだ。

「お先にッ」

短く言って、ペダルをふんだ。

一気にスピードをあげ、おいらは横道へ走りこむ。舗道でにらみ合っていた二人が口ゲンカをやめて追いかけてきた。

「待ちなさい、チョビ！」

「待ってよ、ヒゲの助！」

それぞれにちがう名を呼んでチャリを走らせている。先行するおいらは、浅草の抜け道を知っているのが強みだった。暗い路地を右へ左へと曲がってすし屋通りに出た。しばらく時間をおいてから、《パイレーツ・オブ・カリビアン》を上映している浅草新劇場前へ行くつもりだった。勘のいいみどりなら、ちゃんと先読みして現場にやってくるだろう。

その前に、与作さんに会ってマウンテンバイクを返さなくてはならない。

それにR1グランプリ第一次予選突破を早く知らせたかった。苦労人の紙切り芸人は、きっと大喜びしてくれるにちがいない。

あたりを注意しながら演芸ホールへと向かった。しかし本日の出演ボードは、『紙切り与作・休演』となっていた。

おいらは自転車にまたがったまま、丸メガネの呼びこみのおじさんに問いかけた。

「与作さんはお休みですか。おいらは弟子筋のものなんスけど」

「それが昨晩からまったく連絡がとれねぇんだよ。これまで寄席を休んだことは一度もないのに」

「行く先はわかりませんかね」

「行方不明さ。と言うより、生死不明かな」

呼びこみのおじさんが、思わせぶりに言った。

おいらは、後頭部をバットでなぐられた気がした。四日前に師匠のジョニーが急死し、今度は与作さんまで生死不明なのだ。

この出来事の裏には、いま流行《はや》りの都市伝説のような大きな陰謀が隠されているのではと思った。

日が落ち、肌寒くなった。

六区ブロードウェイのネオンがともる。街燈にも明かりがつき、かつて浅草で活躍した喜劇役者たちのプレートがあざやかに浮かび上がった。

エノケンの白黒写真がとても不気味だった。

第七章　ツーリスト

朝食の時間に、めずらしく母の涼子が起きてきた。

そして手早くスクランブルエッグを作り、コーヒーまで淹《い》れてくれた。トーストをかじりながら、おいらは笑って言った。

「気味が悪いなメグ。まるで母親みたいじゃないか」

「あいかわらず口だけは達者ね、禅。毎朝なめらかなオリーブオイルでうがいをしてるんでしょ」

母がコーヒーカップを手にとって切り返す。

おいらは、サユリ姐さんから受け取ったプリントをテーブル上にひろげた。

「メグ、いいもの見せたげるよ」

「何なの、これ」

「《R1グランプリ》といってさ、ピン芸日本一を決める大会に出場したら予選を通っちゃったんだ。ほら、太字でプリントされてる《ジョニー・ゲップ・ジュニア》がおいらの芸名だよ」

「すごいじゃん、禅。三流ギタリストだったあんたの父親よりずっと才能があるよ」

母の涼子は予想以上に喜んでくれた。子供の教育にはまったく興味はないが、華やかな芸能界には興味をもっていた。

ここぞとばかり、おいらは言った。

「担任の高原先生と話はついたし、この三月に中学を卒業したら、一人暮らしをしようと思ってるんだ。時給千三百五十円のバイトも見つけたし、なんとかやっていけるよ。心配しないで」

「血はあらそえないね。すぐに遠くへ行きたがる」

「いや、近くに住むよ。浅草界隈にアパートを見つけるつもりだから、一週間に一度はメシを食いに帰ってくるし」

「とめてもムダね」

「カリブの海賊、西郷五郎の息子だもんね。メグ、安心して。おいらはもう大人だから」

「ちがう。禅は早く大人になりたがってるだけ。本当はまだ子供のくせに」

母の指摘はあたっているかもしれない。

体は成長したが、心は未熟なままだった。周囲の悪い大人たちに翻弄《ほんろう》されながら、どうにか愉快に生きている。

小学一年の時から大人にまじってプロの子役としてやってきた。ちゃんと出演料を稼ぎ、月々の生活費は自分でやりくりしてきたのだ。

撮影現場で、子役は大人の役者にきらわれる。名優がどんなにうまく演じても、子役の笑顔には絶対にかなわないからだ。

だが、それも小学生までだった。中学生になったとたん、ぱったりと出演依頼がなくなってしまう。多くの子役が、その時点で進路を変えて予備校に通いだす。将来のことを考えて高校受験や大学受験にそなえるのだ。

おいらは、あえて人生の裏街道を行くことにした。

きびしい芸能界で生き残れるのは千人に一人といわれている。だけど、おいらは生き残る気なんか最初《はな》っからなかった。生まれつき上昇志向がとぼしいようだ。社会では別枠のてて無し児《なご》が、どこでのたれ死んでも本人の自由だろう。

「とにかく四月からよそで暮らすよ。だからメグもさ、いま付き合ってる若いドラマーと一緒にここで暮らせばいい」

「ナマイキ言っちゃって。ぶんなぐるわよ」

「やめてよ、このところ毎日なぐられっぱなしなんだ。それよりおいらの預金通帳渡してくれないかな。敷金やなんかで二十万ほどかかりそうだし」

「あんたが稼いだギャラだもん。好きに使えばいいよ」

母の涼子が整理ダンスから通帳をとりだし、ハンコと一緒に手渡してくれた。

預金通帳をひらくと小学一年生から中学三年までの出演ギャラが、数ページにわたって記載されていた。

おいらは残高を見て、目を丸くした。

「百二十五万三千四百円！」

「すごいね、禅」

「これだけあれば、しばらく遊んで暮らせるな」

「それがあんたの悪いクセ。父親とそっくりだね。それとさァ、今朝《けさ》伝えたかったのは、ナオミちゃんのことなんだけど」

「知ってるよ。稲永さん、バングラデシュに帰国するってさ」

「父親はともかく、母親の厚子さんは日本人だし。きっとナオミちゃんもあっちで苦労すると思うよ。おさない弟が二人もいるしね」

母の涼子は、ナオミのお母さんと顔見知りだった。最近、町工場に勤めていたバングラデシュ人の父親がリストラされたらしい。こんな人手不足の世に解雇されるなんて、きっと人種や宗教がらみだと思った。

昨日の〝事件〟は口にださず、おいらは明るい声で言った。

「ナオミは性格もいいし、どこの国でもやっていける」

「そうでもないよ。昨晩早めに帰宅したら、ナオミちゃんがマンションの前でじっと待ってたの。あんたに会うために三時間も。今日の朝八時四十三分、京成電鉄のスカイライナーの成田空港行きにのって帰国するそうよ」

「えっ、それを伝えるために三時間も待ってたのかい」

「ナオミちゃんは、こう言ってた。『乗車駅は日暮里《にっぽり》。見送りに来てくれたら嬉しいし、来てくれなくてもいい』って。禅、行ってやんな」

「でも、学校に遅刻しちゃうよ」

「学校より、思い出のほうが大事だよ。休んじゃえ」

「メグ、かっこいいーッ」

おいらは通学カバンを部屋の隅に放りなげた。

そして師匠の遺骨を横抱きにして玄関口にむかった。じつは初めから学校をズル休みして、根岸のアパートへ直行するつもりだったのだ。

母の涼子が玄関口まで追ってきた。

「何よ、その紫の箱」

「亡くなった師匠の遺骨だよ。いろいろと事情があってさ、おいらがあずかってるんだ」

「納得できないわ。ちゃんとワケを話して」

この際だと思った。おいらも納得しきれていない疑問点を再度ぶつけてみた。

「だったら、その前にもう一度確認していいかい。おいらの父親の西郷五郎の身長は本当に百八十センチ超えなの？」

「ごめん。良い思い出しか残ってないの。五郎はすごいハンサムだったけど、それほど背は高くなかったかも。十五年も前の記憶だしさ、ほれた男もほかにもいたからね。それがごっちゃになって。でも百七十センチはあったと思う」

「百六十以下ってことは」

「そこんとこがとっても微妙。だけど、なぜそんなに父親の身長にこだわるのよ」

「やはり気にはなるよ。おいらも背が伸び盛りだしさ」

母の大切な思い出を、これ以上汚すわけにはいかない。

数センチほど話をごまかした。

ジョニーはすでにあの世に逝《い》っている。もはや目の前にある骨壺の主《あるじ》が、おいらの実父であろうがなかろうが、そんなことはどうでもいいことだった。ジョニーが人生の師であり、父親がわりの存在であったことにちがいはないのだから。

この寸劇の幕引きは、ジョニーの舞台写真でしめることにした。

おいらはバッグからとりだした全身写真を母に見せた。カンカン帽をかぶったジョニーの容姿は、どこかしら哀愁が漂っている。

「この人が亡くなった師匠なんだよ」

「芸名は？」

「天才ピン芸人のジョニー・ゲップさ。ね、メグ好みの良い男だろ」

「変に若づくりしてるわね。悪いけど好みじゃないわ。顔はまぁまぁだけど、こんなにチビ助じゃ長身の私と釣り合いがとれないし。あんたの父親の五郎にくらべたら、輝く太陽と地べたのモヤシほどの差がある」

母の涼子が興味なげにジョニーの写真をおいらに返した。

またも話がでんぐりがえった。昔のことだとはいえ、一緒に暮らして子供まで生《な》した男の顔を忘れることはないだろう。

おいらの父親探しはふりだしにもどったのだ。

白かと思えば黒。黒だと確信したらすべて白に裏返る。ルール無視のオセロゲームみたいだ。いったい何が真実なのかわからなくなってしまった。これ以上深追いしても成果はあがらない。

おいらは話を切り替えた。

「メグ、ごめん。こっちの件だけどさ、すべてジョーク。この紫の箱の中には舞台用のカツラが入ってるんだ。じゃあ日暮里駅へ行ってくるね。そのまま根岸方面へまわるから帰ってこないよ」

「まったく人騒がせな子ね」

「そう、横浜《ハマ》の不良娘の跡取り息子さ」

小さな骨壺をバッグに入れ、階下におりて自転車置き場に向かった。

与作さんが行方不明なのでマウンテンバイクを返しそびれたのだ。

あずかっている師匠のケータイをひらくと、画面の隅に八時十七分の時刻が映っていた。おいらは力強くペダルをこいだ。夜店通りを走り抜け、谷中の《夕やけだんだん》を自転車を押してのぼった。

御殿坂《ごてんざか》の木陰にマウンテンバイクを置き、日暮里駅の京成電鉄改札口で入場券を買った。

自動改札をぬけ、プラットホームに降りると、思いがけない人に出会った。

「立花さん……」

なんと生徒会長の立花美和が、ナオミを見送りに来ていたのだ。

昨日あれだけ大ゲンカしたのに、どうして彼女は日暮里駅にやってきたのだろう。

美和が優等生らしい顔つきで言った。

「きっと月影くんも来ると思ってたわ。やはり見送りは多い方がいいもんね」

「その顔、どうしたの」

「知ってるでしょ。公園でナオミにぶんなぐられたのよ。私もなぐりかえしたけど。そうして本気でケンカしてるうちに、なんだかいつの間にか仲直りしちゃって」

おいらは半笑いになった。男同士がなぐり合いの末に親友になるというテレビドラマは百回以上見た。でも、女生徒でも同じパターンだとは知らなかった。

たしかに美和の左頰には、なぐられた青アザがあった。

「よかったね。最終的に仲直りできて」

「ええ。私は離れてるから、ナオミのところに行ったげて」

「そうする」

駅のホームには、褐色の肌をした人たちが大勢見送りに来ていた。その多くは成田空港まで同行するらしい。

大柄なナオミが、おいらの方に近づいてきた。すでに泣いている。

「来てくれたのね。昨日ずっと待ってたけど、会えなくて……」

「ごめん。仕事があったんだ」

「でもよかった。ここで会えて」

「うん、よかった。立花さんとも仲直りできたようだし。無遅刻無欠席の優等生が女の友情を優先したんだよな」

「月影くんって、ぜったい人の悪口言わないよね。だけど、これだけは教えてあげる。この世に女の友情なんてないのよ。美和が見送りに来たのは最後の意地悪よ」

「どういうこと？」

「私たちを二人きりで会わせたくなかったのよ。ほら、あそこでこっちを見てるでしょ。私が電車に乗って去ったあと、二人きりの帰り道で美和はかならずあなたに告《こく》るわ」

ナオミの話には真実味があった。

なぐり合った女同士が親友になるなんてありえない。大事な顔を傷つけた相手がよけいに憎くなるだけだ。美和が学校を遅刻してまでここへやってきたのは、おいらとナオミとの別れのシーンを台無しにするためかもしれなかった。

美和とナオミは、おいらよりずっと早く大人になっていたのだ。

「女って怖いな」

「そうよ。月影くんは無防備すぎる」

「けっこう打たれづよいから大丈夫さ」

「そろそろ電車がくるわ。これだけは言わせて。私の方が先に月影くんを好きになったのよ。決して美和じゃないからね」

「またいつか会えるし」

「うちの家族は観光の《ツーリスト》じゃないのよ。もう私は二度と日本に帰ってこれないと思う。だから、どんなに嫌がられてもいいからキスしたの」

「……恥ずかしいけど、あれが初キッスだった」

「そうだと思ってた。これ徹夜で描いたの」

そう言って、画用紙に描かれた天使の絵をプレゼントしてくれた。天使の顔は美化されたおいらだった。

「ありがとう。この絵大事にするよ。これはおいらからのプレゼント」

ズボンのポケットからリップクリームを取り出し、そっとナオミに手渡した。使用しているので、かえって価値があると一人決めした。

「うれしい。ここで塗っていい？　美和に見せつけてやりたいの」

女の戦いは永遠に続くのだ。

成田空港行きのスカイライナーがホームに到着した。家族と一緒に電車へ乗りこんだナオミが、車窓ごしに大声で言った。

「ドント・フォアゲット・ミー！」

まさか、英語で別れをつげられるとは思っていなかった。とりあえず、おいらも知っている簡単な英語でこたえた。

「アイ・ラビュー！」

妙に外人風な発音になってしまった。

それでも、おいらとナオミは大まじめだった。

スカイライナーが定刻どおりに発車した。目の前を褐色の少女がゆっくりと過ぎ去っていく。

さらば、心やさしきティナ・ターナー。

君のぶ厚い唇のぬくもりを、おいらは一生忘れない。

低速の電車がちょうど美和の前に達したとき、ナオミが『ファック・ユー』の中指を立てた。当然、優等生の美和も親指をぐいっと下に向けて『ゴー・トゥー・ヘル』とやり返した。

スカイライナーはスピードをあげ、見る間に遠くなっていく。駅のホームに残された二人は少しきまずい雰囲気になった。

美和が疑わしそうに言った。

「ナオミが私の悪口言ってたでしょ」

「そんなことないよ。色々あったけど、立花さんは最高の友だちだってさ」

「それもウソでしょ。月影くんは、その場の空気ばっかり読んでる」

「かもしれない。子供のときから大人たちの現場で仕事してきたからね」

「ね、これから一緒に学校へ行こう。今からなら二時間目の授業に間に合うから」

「カバンも持ってきてないし、途中まで送ってくよ。今日は学校さぼるからさ」

日暮里の改札口を出て、置いてあったマウンテンバイクにキーを差した。そしてゆっくり押しながら美和とならんで歩いた。

受験間近の美和が、遅刻してまで見送りに来た理由はほかにもあるはずだ。きっと昨日の失点をとり返そうとしているのだろう。

イジめていたナオミを駅で見送り、泣き顔で学校へ行けば、人の良い高原先生は感激するにちがいない。

おいらはひそかに、立花美和のことを《チョコパンチ》と呼んでいる。相手に甘いチョコを渡すふりをして、きついパンチをくれるのだ。

その《チョコパンチ》が、やさしい声で言った。

「月影くん、ちょっと《おすわさま》で話していかない？」

危険信号がおいらの頭の中で点滅する。

かたぎの娘の誘いは生真面目《きまじめ》すぎて逆に怖い。

「時間が迫ってるし、二時間目におくれちゃうよ」

「かまわない。一緒に学校さぼってもいいのよ」

「だめだよ。受験をパスしたおいらとちがって、立花さんは今がいちばん大事な時期だし」

「だったら少しだけつきあって」

強い口調で言って、美和が足を早めた。

『おすわさま』とは、日暮里の高台にある諏訪《すわ》神社のことだった。境内の側面は断崖になっていて、眼下を八本の路線が通っている。列車好きの子供たちには絶好のビューポイントだった。折しも東北新幹線の列車が上野方面へ走り抜けていった。

高台に立った美和が懐かしそうに言った。

「おぼえてる、月影くん。三年前の同じ季節、二人でこの場所で日暮れまで一緒にあそんだこと」

「そんなこと、あったっけ」

もちろんおぼえていたが、わざと忘れたフリをした。

油断してすり寄ると、美和はかならず突きはなすのがパターンなのだ。いまさら《チヨコパンチ》をもらいたくはなかった。

「私のところも母子家庭だしさ。ずっと一人ぼっちだった。小六のとき、学校帰りにたまたま『おすわさま』に来たら、あんたがそこに立って、さびしそうに行きかう電車をながめてたの」

「そうだっけ」

「あなたの本心を見た気がした。学校ではいつも友だちと冗談ばっか言ってるけど、本当は私と同じで一人ぼっちなんだ」

「口にださないけど、みんなそうだよ」

「二人で幼稚園児みたいに鬼ごっこしたよね。追って追われて、笑いながら何度もタッチした。あんなに楽しかったことはないわ」

「うん。少し思いだしてきたよ」

「冬の夕陽の下、明日もここで会おうねって約束して別れた。それなのに……」

だんだん危険区域に入ってきた。美和の表情が険しくなっている。いつ《チョコパンチ》が暴発するかわからない。

おいらはマウンテンバイクのペダルに片足をのせた。

「ごめん、約束したのに、あれっきりになったんだよね」

「そう、クラスの男子生徒はみんな私にアプローチしてくるのに、あんただけがずっと背をむけてる」

「レベルがちがうよ。おいらは中卒でお笑い芸人になろうとしてるし、立花さんは一流大学を出て……」

「やめてよ！　そんな言い方。だったら、いいこと教えてあげる。私とナオミはね、小六まで本当に仲がよかったのよ。でも私が月影くんを好きだと言ったら、急にナオミもあんたのことを追いかけだした。ナオミの態度、あなたも気づいてたでしょ」

「ちょっとだけ」

「まるで《校内ストーカー》みたいだったわ。ナオミったら色気づいちゃって、授業中もずっと気持ち悪い視線で追いかけてた」

それは事実だった。おいらはいつも校内でナオミの熱い視線を感じてきた。

おいらは小声で言った。

「それで彼女をイジめたと……」

「そうよ。あなたを《校内ストーカー》から守るために」

まるで正義の味方みたいな言いかただった。

さっき駅のホームでの別れぎわに、ナオミが言い残した言葉がよみがえった。『美和はあなたに告《こく》る。そして自分のほうが先に好きになったと言う』と。

ナオミの予言は的中した。しかし、昨日まで女生徒たちに無視されていた劣等生が急にもてだした理由がつかめない。

おいらは首をひねった。

「ほかにかっこ良い奴はいくらでもいるじゃん。スポーツ万能の健とか、全国模試二位の松方とか。松方なんか、将来はNASAの宇宙飛行士になるって言ってるしさ」

「興味ないわ。ガリ勉の松方なんか宇宙の果てまで飛んでいけばいいのよ。女の子はね、みんなテレビに出てるタレントが好きなの」

予想外の答えだった。

子役のおいらは、小学校高学年のころＮＨＫ教育テレビで頭の良い少年役をやっていた。番組のレギュラーとして二年間も出演したので、日本各地の少女たちからファンレターをたくさんもらった。たとえおバカでも、中卒でも、テレビにさえ出演していれば学校の秀才より女生徒にもてるらしい。

美和が長い黒髪をかきあげて言った。

「でも、私はほかの女生徒とはちがう。ここでさびしそうに夕陽をながめていた月影禅の後ろ姿に〝落ちた〟のよ」

おいらは言葉につまった。

冗談で受け流せなかった。美和の告白は自然体で巧みだった。女はみんな女優なのだ。この場で彼女を抱きしめたいとさえ思った。

その時、眼下の線路をスカイライナーが猛スピードで走り抜けた。

おいらは正気をとりもどし、さりげなく言った。

「一月のこの寒い時期だけ、近くの富士見坂からくっきりと富士山が見えるんだ。行ってみようよ」

「……いいわよ」

二人は石造りの鳥居をくぐり、諏訪神社の横手にある富士見坂へむかった。

快晴の冬空は青く澄み渡っている。都心のビルの谷間に、白い三角定規の先端のような小山が見えた。

遠目なので小さく映る。それでもさすがに霊峰富士には威厳があった。

「わァーッ、富士山だ。初めてここから見たよ」

美和がはしゃいだ声で言い、おいらの手を強く握った。一瞬、《チョコパンチ》の記憶がよみがえる。

本能的に危険を感じ、サッと美和の手をふりほどいてしまった。

「あっ、ごめん」

あやまったが、すでにおそかった。なぐられると思った。だが、美和の両目には涙がにじんでいた。

そして、かたぎの娘が心の底から叫んだ。

「月影くん。あんたのこと……、好きだけど大っ嫌い！」

美和は富士見坂を駆けおりていった。

胸が切なくなった。親友の健には悪いが、おいらも片足だけ立花美和に〝落ちた〟のかもしれない。

気分転換が必要だ。

諏訪台通りにもどり、日暮里駅の脇を走りぬけて鶯谷《うぐいすだに》へとむかう。昭和の爆笑王・

林家三平の《ねぎし三平堂》の前を行きすぎ、鶯谷駅前の不動産屋へ入った。

「すみません、このあたりの物件を探してるんですが……」

「どんな部屋をお求めでしょうか」

ボサボサ髪の不動産屋が寝起きの顔で言った。中高年の夜更かしは体に毒だ。肌がくすんでいて土気色《つちけいろ》だった。

おいらは自分が思っている条件をのべた。

「場所はこの界隈の路地裏で、日当たりがめっぽう悪くて一日中陽《ひ》が差さないような、築五十年以上の古アパートが望みなんスけど」

「ほう、めずらしい条件ですね。で、予定されてるお家賃の上限は」

不動産屋のおじさんが急にめざめた。

おいらの懐には百万円超の預金通帳が入っている。でも師匠の借金のこともあるので、生活はきりつめなければならない。

「そりゃまァ安ければ安いほどいいスよね」

「ぴったりの物件があります。路地裏で日当たりが悪く格安のボロアパート」

「ボロとは言ってません。年月を経た古いアパートです」

「お時間があるのなら、その古アパートにご案内できますけど」

「じゃあお願いします。おいらチャリなんだけど、それでいいスか」

店を出ながら伝えると、こっくりとうなずいた。

「そりゃ好都合だ。一緒に自転車で行きましょう。ここから五分です」

おじさんは身軽に自転車に乗って前を走りだした。おいらは速度を上げず、後についていった。世の中の仕組みはよくできている。こんなに簡単にアパートが借りられるとは思ってもいなかった。

早く自宅マンションを出て、一人暮らしがしたかった。そうすれば母もつき合っているドラマーと遠慮なく一緒に暮らすことができる。

すると前を行くおじさんが、見なれた角地を曲がって小道に入りこんだ。

イヤな予感がする。よく見知った道順だ。その路地奥にはジョニーが暮らしていた古アパートが建っているのだ。

案の定、おじさんは解体間近のボロアパートの前で自転車をとめた。それから土足で中へ入り、一階の四号室の扉を合鍵でガチャリとひらいた。おいらも慣れた足取りで六畳間に入りこむ。

それから自信たっぷりに言った。

「この部屋、まだ人が暮らしてるでしょ」

詰問したが、おじさんは気にもとめなかった。

「今月中に空きますんで、遠慮なくどうぞ。すぐに使用できますし、家賃は格安で月二万八千円です。敷金礼金もゼロ」

「あまりに安すぎますね。まさかここで人が死んだとか……」

さらに問い詰めたが、おじさんは動じなかった。

「そんなことありえませんよ。この部屋には若い美人ＯＬが住んでました。故郷に帰ってお嫁さんに行くとかで、部屋が空くことになったんです」

不動産屋は平気でウソをならべたてた。

おいらは笑いをこらえて言った。

「でも、部屋に残ってる家具や服は男物ばかりじゃないスか」

「いや。じつは彼女、性同一性障害なんですよ」

「それでよくお嫁にいけますね」

「……それが、あのぅ、相手の男も性同一性障害なんですよ」

おじさんは苦しい言い逃れをした。いったんウソをつくと、雪だるま式に話がふくれあがってしまう。

おいらは大きくうなずいてあげた。

「なるほど。それならちゃんと二人は夫婦になれますよね。花嫁が男で、花婿が女。よっくわかります」

「ありがとうございます。ここだけの話ですが、じつはこの私めも性同一性障害なんです」

「はっはは、かぶせネタはけっこうです」

「とにかく、お得な物件ですし、この場で仮契約していただけますか」

「いいですよ。ここに決めました」

中学卒業には一月早いが、おいらはこの物件がとても気に入っていた。一周まわって元の位置。しばらく師匠の遺骨と一緒に暮らすには、どう考えてもここが最適だった。

「できましたら手付け金というか、一ヶ月分のお家賃と、この部屋の家具類を処分するためのお金、両方合わせて四万円ほど入金してもらえますか」

「家具や古布団はそのままでいいです」

「本当にいいんですか？　この布団の上でいったい何があったのか。そう考えるとちょっと気持ち悪くありませんか」

「まさか、この古布団の上で人が死んだとでも」

「ぜったいにそんな事はありません！　二万八千円でいいですから、一日も早く入金してください」

「はい、そうします」

おいらは、にこやかに応対した。

不動産屋さんも満面の笑みだった。でも、どこかしら違和感がある。よく見ると、細い首筋にのどぼとけがなかった。

もしかすると《かぶせネタ》ではなく、魂のカミングアウトだったのかもしれない。

背広の胸元の名札に目をやると、『万条院華子』と書いてあった。一瞬、百ほどつっこみのセリフが浮かんだが口には出さなかった。

万条院華子は、まさに〝おばさんのおじさん〟だった。

「のちほど契約書を作成しますのでよろしく。明日にでも正式契約ということに」

「わかりました、華子さん」

「下の名前で呼ぶのはよして」

「ごめんなさい、華子さん。あ、また言っちゃった」

「荷物の整理などもあるでしょうから鍵を渡しときます。明日、できたら店の方に現金とハンコを持ってきてください」

「両方持っていきます」

「無理することありませんよ。では、私はこれで」

そう言い残し、華子さんはさっさと出ていった。わずかな手数料しか稼げない物件に、長時間は付き合っていられないようだ。

おいらにとっては、ある意味もっとも住みなれた場所だった。それはジョニーも同じだ。リュックから遺骨を取りだして鏡台の前に置いた。

でも、何かが足りない気がする。おいらは鏡を見ながら黒マジックでチョビヒゲを描いた。こうすれば、いっぱしの芸人気分になれる。

いったん廊下に出て、隣室の扉をノックした。返事がない。それに人の気配もまったくなかった。

与作さんは三日間も行方不明のままだった。

気をとりなおし、部屋に戻って掃除した。衣装ケースを拭いていると、コロリと一本のＤＶＤが出てきた。

タイトルは《ラスベガスをやっつけろ！》。ジョニー・デップ主演のバッドトリップムービーだった。

スポーツ記者が相棒のサモア人と一緒にラスベガスへ旅行し、高級ホテル内で次々に珍事件をまきおこすのだ。一年前の単独ライブで、師匠のジョニー・ゲップは、この話をさらに改悪して盛り上げた。酔っぱらいの宿泊客が、ホテルの賭博場や結婚式場に乱入。大金を勝ち逃げし、他人の花嫁までうばって意気揚々と去っていくのだ。

ハイテンションな酔っぱらいぶりがすごかった。客席のおいらはずっと笑い転げていた。そのネタ元は、このＤＶＤだったらしい。

「師匠、あなたはほんとにすごかったスね」

遺骨に両手を合わせ、それから部屋の鍵をしめて外出した。

引っ越しするには、やはり相当の現金が必要だ。時間があれば近くの銀行に寄って預金を下ろそうと思った。

アパートを出たとたん、また小柄なパンチパーマのチンピラと出会ってしまった。

「おい、チョビヒゲ！　昨日はうちのお嬢と夜遊びしてたそうだな」

「組長がそうしろと言ったんですよ」

「うるせえ！」

右フックを左肩にくらった。

やはり今日もなぐられた。師匠が亡くなってから、六日間もなぐられつづけてきた。

ヤクザの四朗は、どうやら組長の娘にほれているらしい。これ以上話しても、よけいになぐられるだけだ。

おいらはマウンテンバイクにのって逃げだした。

「これからはお嬢と話すなよ！」

一発ゆるいパンチを決めて気がすんだらしい。四朗は追ってこなかった。

小道の角地にある立ち飲み屋で、どこかで見た中年男が朝っぱらから焼酎《しょうちゅう》をくらっている。かつて師匠の相方だった貧乏芸人のモンダさんにちがいなかった。

マウンテンバイクを店の前にとめ、おいらは声をかけた。

「どうしたんスか、モンダさん」

「おーっ、噂のジョニー・ゲップ・ジュニアか。未来のお笑いスター登場だな。さ、こっちへきな」

手まねきされ、しかたなく立ち飲み屋に入った。

「大丈夫スか。かなり酔ってるみたいだけど」

「酔わずにいられるかよッ。おめぇみたいなド素人がR１グランプリの予選を通って、芸歴十五年の俺が落ちるとは」

「おいらも芸歴なら九年ですよ。六年しかちがわない」

「ちくしょう！　若い奴ばかりが日の目を見やがって……」

「べつにR１で優勝したわけじゃないし、一回戦を突破しただけですよ」

「気安く言うな。俺はよ、その一回戦に七回つづけて落ちてんだ。漫才のツッコミしかできねぇし、ピン芸は無理なんだよ」

たしかに相方に捨てられたツッコミは行き場がない。ネタの書けないモンダさんがヤケ酒を飲むのもわかる気がする。

「まだチャンスはありますよ」

「ほんとにそう思ってるなら、たのみがあるんだ」

「ええ、おいらにできることなら」

「おめえにしかできねぇよ。ネタも書けるしな。おねがいだから、この俺と漫才コンビを組んでくれ。若いジョニー・ゲップ・ジュニアとなら女性ファンもつく。もちろんギャラは六対四、おめぇが六割取っていいからさ」

「ギャラは関係ないスよ」

「だったら、七対三でもかまわない。たのむッ」

悪酔いしたモンダさんは、その場で土下座した。おまけにゲロまで吐いた。とても付き合ってはいられない。

「失礼します。これでカンベンしてください」

一万円札を店の主人に渡し、おいらは立ち飲み屋から逃げだした。いそいでマウンテンバイクにのって言問通りを直進した。

芸人は、ほとんどが負け犬なのだ。

末路だけでなく、中間地点でもモンダさんはひたすら哀れだった。

おいらは、そんなモンダさんが嫌いじゃない。何をやってもダメだから、とりあえずお笑い芸人をつづけていく。たぶん、それが正解なのだろう。

でも、コンビを組む気にはなれない。一人っ子で育ったので孤独に慣れている。男二人で未来を共有することなどできなかった。

終　章　ラスベガスをやっつけろ

いま、おいらのバッグには百万以上の現金がうなっている。

朝一番に銀行へ行って定期預金を全額おろしたのだ。貯めるのに九年かかったが、無くなるのは一日で済む。

二カ所で支払いがあった。まず鶯谷の不動産屋での契約は、万条院華子さんの計らいでスムーズに運んだ。外見は怪しいが、〝おばさんのおじさん〟はとっても良い人だった。先払いの家賃や雑費をふくめ、総額二万九千円で済んだのだ。解体間近なので、それが妥当な金額なのかもしれない。

だが、次が難関だった。

師匠がヤミ金から借りたのは百万だが、利子やなんかで二百万にふくれあがっているらしい。その保証人は弟子のおいらだった。もちろん法的に返済義務などこれっぽっちもないが、おいらは元金だけでも返すと一人決めしていた。

金満組の事務所は根岸の裏路地のどんづまりにある。おいらはここで電話番のバイトをしているので、ノーパスで赤いビルへと入った。

事務所内はがらんとしている。部屋奥の黒い革椅子に、組長の金満一郎がしかめっつらですわっていた。

だが、おいらを見ると気色悪い愛想笑いを浮かべた。きっと溺愛している一人娘にクギを刺されているのだろう。

「あんちゃん、どうした？　こんな早い時間にやってきて。バイトは夕方からだろ」

「今日はちがう用件で来ました」

「なんだ、言ってみろ。みどりと付き合いたいっていうのなら、俺は若い二人の意思を尊重する。こう見えても物わかりのいいほうだ」

「いや、そうじゃなくて。うちの師匠の借金のことなんスけど……」

「だから、ジョニーに貸した二百万はすっぱりあきらめるって言ったろうが。保証人が中学生じゃ金も返せねぇし、その前にこっちが警察《サツ》に捕まっちまう」

「いや、師匠の借金は弟子のおいらが返します。すみません、元金の百万しか用意できませんでした」

ヤクザ稼業の金貸しが、あきれはてたように言った。

「バカじゃないのか、お前」

「ええ、昔っから評判のバカです。とにかく今すぐ借金は返します」

「ほんとに物わかりの悪い奴だな。頭のネジが一本外《はず》れてやがる。いいか、金を出し惜しみするのが人間ってもんなんだ。自分が損をしないため、だれもが必死に知恵をしぼってるんだよ」

「そうだったんスか。人が皆そんな風だとは知りませんでした」

「わかりゃ、それでいい。とっとと帰ンな。こんな場面をみどりに見られたら、俺がお前を脅してるように勘違いされる」

「いや、金を受け取ってくれるまで帰りません。正しいヤミ金なら、どんな汚い手を使ってでも金を奪い取らなきゃいけない」

「何遍《なんべん》言わすんだこの野郎ッ。ビタ一文、金は返さなくていい！」

わけのわからない押し問答の末、ついに金満一郎がブチ切れた。

だが、おいらも一歩も引かなかった。じっくり考えた結果、やはり借りた金は返さなければいけないと思ったのだ。

カバンから帯封《おびふう》の百万円を取り出し、黒机の上にバンッと置いた。

「ちゃんと受け取りなさいッ」

「イカレポンチめ。こんな金、ぜったいに受け取らない！」

机越しに二人はにらみ合った。

傍《はた》から見れば、アンジャッシュの《勘違いコント》にしか映らないだろう。

そのとき事務所の扉がひらき、金満家の跡取り娘が血相を変えて入ってきた。まさに予想されたとおりの展開。ドタバタ騒ぎの始まりだった。

「なんやってんだよ、このハゲーッ！　私の大事なヒゲの助に手をだすと、このビルに放火するわよッ」

すごくリアルで、とても効果的な脅し文句だ。

怖いもの知らずのみどりならやりかねない。女子高生なのに細い手首には重量感たっぷりの純金ブレスレットがからまり、怪しい素性《すじょう》が見てとれる。その高価な装身具は、父の金満一郎が借金のカタに銀座ホステスからむしりとった物にちがいない。

おいらは親子の間に割って入った。

「みどりさん、心配いらない。これはおいらと社長との平和的な話し合いなんだよ」

「だったら、その札束は何なのさ。どうみても、ヒゲの助がヤミ金に恐喝されてるとしか思えない」

「借金を返すのは当たり前だろ。ね、社長。早く手元にしまってください。でないと、娘さんが悪い方に誤解しちゃいます」

弁明のバトンを渡すと、金満一郎が作り笑顔でその場をとりつくろった。

「あんちゃんの言うとおりだ。なら、そうしようか。それとみどり、前回はデート中に邪魔が入ったらしいから、今日は二人で遠出して遊んでこい。俺はこれから外出するから、あとは二人で楽しくやんな」

札束を背広の内ポケットにねじこみながら、ヤクザ者の父が娘に媚《こ》びへつらった。そして、あたふたと事務所から出て行った。父親がこんな態度では、一人娘の性格はよけいに悪くなるだけだ。

みどりが吐き捨てるように言った。

「バカみたい。うちのオヤジ、ママが亡くなってからずっとあんな風なの。腫《は》れものにさわるみたいに」

「妻を亡くし、その上君まで失いたくないんだよ。外では怖がられてるけど、家庭ではやさしくて良いお父さんじゃないか」

「そんなことより、これから一緒に箱根温泉にでも行こうよ。学校も創立記念日で休みだし、それに外泊の許可も出てるしさ」

大胆というより無茶だ。

遠出と箱根一泊旅行はまったく意味合いがちがう。十五歳の少年と十六歳の少女が、箱根の宿で一夜を共にすれば、いったいどちらが淫行罪で捕まるのだろう。男のおいらか、年上のみどりか、それとも二人同罪なのだろうか。

あるいは……両者共に未成年なら、帳消しになって無罪放免なのかもしれない。

おいらは、例によってペコリと頭を下げた。

「悪いんスけど同行できません。みどりさんに迷惑をかけそうなんで」

「だってぇ、芸人にとって女は芸のこけしなんでしょ」

「ま、そう言われてますけど」

彼女の凡ミスをスルーした。たしかに臭い芸の肥やしより、芸のこけしのほうがずっとかわいい感じがする。

みどりがテレビCMのような口調で言った。

「さぁ、旅に出よう」

「無理っス。温泉旅行なんて」

「この家を出て、どっか遠くに行きたいの。考えてごらんよ、ヤクザの組長の娘なんて最悪でしょ」

「よくわかります」

「運動会にはパンチパーマがいっぱい来るしさ、彼氏ができても、組員らにボコボコにされちゃって三日ともたない」

「おいらもなぐられっぱなしです。でも、これだけは言える。社長は君のことをとても大切に思ってる」

「あんなハゲ、気持ちワリィよ。だれも知らない場所で、やさしいヒゲの助と人生やり直したいの。地方都市で二人だけの小さなお店をもってさ。そう、女性専門のかわいいサラ金なんかきっと流行《はや》ると思う」

女子高生は、なんでもかわいいって付ければOKだと思っている。《かわいいサラ金》なんかだれも寄ってこないよ。

いや、案外成立するかも。

ふっとそんな気がした。こうして近くで見れば、鼻っ柱の強い美人女優のキーラ・ナイトレイにやはりそっくりだった。

その和製キーラ・ナイトレイが、おいらの腕にからみついてきた。ふにゅと柔らかいバストが押しつけられた。上目遣いでのぞきこんだ偽ハリウッド女優の瞳には、おいらしか映っていなかった。

おいらの耳元で、みどりが甘い声でささやいた。

「ねぇ、ヒゲの助。子供は何人欲しい」

『うん。野球チーム、いやサッカーチームができるくらいかな』と、定番の答えを返しそうになったが、からくもふみとどまった。

お笑い芸人が十代の女子に手を出すのはゆるされない。その上、みどりは裏社会のプリンセスなのだ。

言うまでもないが、みどりは天下御免の肉食系女子だった。

おいらはぐっとガマンして、彼女の手をふりほどいた。

「話が飛躍しすぎですよ。子供が子供を産んでどうすンだよ。ほんとにおいらのことが好きなら、おいらを困らせることなんかしないでください」

すると女子高生の目つきが急に険しくなり、一瞬にしてあくどい金貸しの跡取り娘にもどった。

みどりはすばやく背後にまわりこみ、おいらの右腕をぐいっと締め上げた。キレのあるみごとな脇固めだった。

「テメェ、だれに口きいてっかわかってんのかよ。あたしはね、学校の部活でケンカ上等の《ファイトクラブ》に入ってンだよ。調子にのってると東京湾に沈めんぞ！」

ドスのきいた声でどなった。

甘いささやきから強烈な脇固めへの豹変はステキすぎる。女子校にそんな物騒な集団がいるなんて知らなかった。たぶん《ファイトクラブ》の創設者は、女ブラピのみどり本人にちがいない。

おいらの右肩がミシミシときしむ。

「ギブ、ギブギブッ。二人で箱根温泉に行きましょう」

「わかればいいンだよ。ごめんね、興奮するとすぐに手がでちゃう。あたしのこと、嫌いにならないでね」

「あるわけないっしょ、嫌いになるなんて。初めて見たときから好きだったし。とにかく脇固めを外してください」

痛みから逃れるため、おいらはウソをついた。

神の名にかけて、彼女を好きだと思ったことは一瞬もない。でも、積極的に嫌いというわけでもなかった。

みどりは手をゆるめ、純粋無垢《じゅんすいむく》な少女みたいにうっすら涙ぐんだ。

最初はやさしく、そして一転して怒り狂い、またいっそうやさしくなる。硬軟自在、完ペキにヤミ金の手口だった。夢見る少女の体内には、ヤクザ稼業の超優性遺伝子が伝えられているらしい。

感情の起伏が激しすぎてとてもついていけない。なぜおいらに近づく女性たちは、こんなにもテンションが高いのだろうか。

もしかしたら彼女たちを誘引しているのは……金満一郎が指摘したように、〝頭のネジが一本外れたイカレポンチ〟のおいらかもしれなかった。

このままの流れでいけば、根岸の気楽な一人暮らしは崩壊する。気がつけば、みどりと結ばれて逆玉プリンスになりかねない。

だが、事態はもっと過激な方向へとなだれこんでいった。

「善は急げ。悪はもっと急げよ。箱根旅行なんて刺激が足りないわ。ヒゲの助、一緒に駆け落ちしちゃおう。イヤとはいわせないよ」

脇固めはとけたが窮地はまだ続いている。おいらは必死に言い訳した。

「早まっちゃいけない。おいらは駆け出しのお笑い芸人で稼ぎもないし。あとでゆっくり人生のプランを語り合いましょう。一緒に暮らすにしたって生活資金が必要だし」

「ここは年上女房にまかせて。最高のプランがあるから」

きっと最高の悪だくみにちがいない。

金満一郎のＤＮＡをしっかりと受け継いだ跡取り娘の脳ズイには、悪計が百万個ほどインプットされているだろう。

みどりが事務所内の大型金庫を指さした。

「あの金庫を開けられるのは、ハゲオヤジとあたしだけ。中には一千万以上の現金が収まってる。パクればいいじゃん。しばらくは遊んで暮らせる」

ここで暴走を止めれば、みどりが逆ギレするのは目に見えている。おいらは脱出のチャンスを狙うため、とびっきりの笑顔で迎合した。

「金庫破りなんてサイコーのプランですね。みどりさん、早くセーラー服を着替えて荷物をまとめてください。金庫を開けるのはそのあとで」

「よっし、決まったわ。二階の個室で駆け落ちの支度をするから、ここで五・六分ほど待っててね」

「はいッ。待ってます」

おとなしく待っているわけがない。

みどりの乗ったエレベーターの扉が閉まったとたん、おいらは脱兎《だっと》のごとく赤いビルから逃げだした。マウンテンバイクにまたがって急発進する。

今度会ったら、みどりにぶんなぐられるのは覚悟の上だった。裏社会のきつい呪縛《じゅばく》から逃れ、力強くペダルをこいで一目散に車道を走った。

かたちだけでも師匠の借金は返した。もう義理はない。組事務所でのバイトもやめようと決心した。昨今の芸能ニュースをみても、淫行やゲス不倫、ヤクザと関係を持つのは致命傷になる。たとえ無名のお笑い芸人でもそれは同じだろう。

とくに公共放送は基準がきびしい。一度でもスキャンダルを起こすと二度と出演のチャンスはめぐってこない。ＮＨＫ児童劇団員だったおいらは、ありがたくも無条件でテレビ番組に出演できた。ただし、いつもその他大勢の一人にすぎなかったけどね。

亡き師匠の場合はチャンスにめぐまれなかった。

略歴がデタラメで、公共放送向きの芸人ではなかったようだ。もともと一般受けするようなタイプではないのだ。そして、天才ピン芸人ジョニー・ゲップのこれまでのテレビ出演時間は、わずか三十五秒にすぎないという。

そのうちの七秒は神宮球場の外野席でホームランボールをゲットし、偶然中継カメラに抜かれた奇蹟のアップ映像。残りの二十八秒は銀行強盗の人質になったとき、テレビカメラの望遠レンズにむかってVサインする究極の笑顔。もちろんこれはジョニー本人のネタだから、どこまで本当かわからない。

当然、テレビ出演のギャラなど一円も発生しなかった。

一方、ジョニーの弟子となったおいらはNHKテレビに何度も出演している。気がつけば、ギャラの総額は百万円を超えていた。客観的にみれば、どちらが師匠で、どちらが弟子なのか判別はむずかしい。

カッパ橋通りまで来たとき、師匠からゆずりうけたケータイが鳴った。

おいらはマウンテンバイクを舗道にとめて応答した。

「はい。どちらさまでしょうか」

「あなた、先日会ったジプシー・ロマのお弟子さんね。大変なことが起こったのよ。このまま電話を切らずに聞いて」

師匠のことを《ジプシー・ロマ》と呼ぶのは、あの美人パティシェしかいない。

非常にまずいと思ったが、通話をつづけることにした
「チャコさんですよね。その声は」

「早くジプシー・ロマと電話をかわってよ。そばにいるんでしょ」

「ふざけないでください ッ。師匠は一月四日に死んだと伝えたでしょうが」

おいらは大声をだした。ちゃんと師匠の骨壺も見せたのに、いまさら何を言っているのだろうか。

だが、彼女の声も一段と大きくなった。

「そうか、あんたもグルなのね！」

「何のことですか」

「とぼけないで。昨日の夕方、私の姉が銀座へ買い物に行ったとき、松屋デパートの地下売り場で死んだはずのジプシー・ロマと出くわしたの」

「そんな馬鹿な……。人ちがいじゃないスか」

「姉が声をかけたら、『ヤバイ！』と言って逃げだしたそうよ。死人がヤバイなんて言うわけないでしょ。たぶん借金をふみたおすため、死んだフリをしてたのよ。あんな安っぽい骨壺まで作ってさ、どうゆうつもりなのよ。そのケータイだって、料金はずっと私が支払ってきたんだからね」

「ガーン……」

頭の中で反響している音を口にだした。

なんだか大都会の迷宮に垂直落下したような気分だった。

仕組まれた罠にすっぽりとハマったようだ。おいらは茫然と舗道に立ちつくしていた。想像を遥かにこえた真実をつきつけられた時、人はみな脱力してしまうらしい。

ケータイの電源を切ると、ジョニーが急死してからの六日間が次々とフラッシュバックした。

借金の取り立てに来た金満一郎が、ジョニーの死を疑ってタバコの火を遺体に押しつけた。あの瞬間、『熱っ』と言ったのはそばにいたおいらではなく、死んだはずのジョニーだったのではないだろうか。

もしかすると、同時に『熱っ』と叫んだのかもしれない。

まさに〝変死〟だった。

それに内妻のサユリ姐さんを鶯谷に迎えに行って、安アパートに戻ってみたら師匠の死体は消えていた。あれも病院へ運ばれたのではなく、〝変死体〟が自分の足で歩いてどこかへ行ってしまったような気もする。

「師匠、ほんとにあんたって人は……おもしろすぎるーッ」

冬空にむかってカンカン帽を放り投げ、おいらは負け犬のように吠えた。

ジョニーのシュールなピン芸はあまり一般受けしないが、近くにいる者たちにとっては神レベルの裏ネタばかりだ。さんざんあなどられ、見事に手玉にとられ、ついにはハードな爆笑に屈服させられてしまう。

思い返せば、隣室の紙切り芸人も怪しい。

与作さんはおいらを喪主に指名し、葬儀の段取りをてきぱきと仕切ってくれた。翌日には町屋の焼き場へいって、師匠の骨壺までおいらに渡してくれたのだ。

しかし、だれ一人として師匠の遺体が火葬される現場にはいなかった。一番弟子のおいらは、紫色の布に包まれた骨壺をもらっただけなのだ。たしかに師匠の芸人仲間の言動は謎だらけだった。

そして紙切り与作は、今も行方不明なのだ。

こうなったら、もう一度浅草演芸ホールへ行って、与作さんの所在を確かめるしかない。たぶん、彼がこの奇妙な怪死事件のすべてを知っているはずだ。

おいらはそう直感した。前へ進むしかない。ここで停止していても、どうせ心中の疑念が増すだけだ。

マウンテンバイクにまたがったとき、背後から聞きなれた女の声がした。

「チョビ！　待ってよ」

ふりむくと、やはりサユリ姐さんがチャリで追ってきていた。

彼女はいつも一足遅れて現場にやって来る。そしてたどりついた時には、すでに探しているジョニーは遠くへ走り去っているのだ。ひたすら恋する男の後ろ影を追って、サユリ姐さんは《アリス・イン・ワンダーランド》をさまよっているようだ。

それにしても師匠は罪な男だ。

本名、北条剣太郎。養子先ではチャーリーと改名させられ、チャコさんは今でもジプシー・ロマと呼んでいる。相方のモンダさんからすればドンナであり、おいらとサユリ姐さんにとってはジョニー・ゲップだった。そのほか彼に出会った人々は、それぞれの思いをこめて別名を呼んでいたにちがいない。

弟子のおいらもまた、三つほど名前を持つことになった。

本名、月影禅。

師匠がつけてくれた芸名はアンチョビ・ヒゲの助。R1グランプリで名のったのはジョニー・ゲップ・ジュニア。この先どれだけ名を変えていくのか楽しみだった。

これだから芸人はやめられない。

芸名を変えるたびに、つまらない人生を何度でもリセットできる。あのトリッキーな師匠のように。

おいらにとって、売れないピン芸人のジョニー・ゲップこそ史上最高のトリックスターなのだ。たとえ借金のがれのペテンだとしても、師匠が生きていたことは涙が出るほど嬉しかった。

それに、ジョニーはもしかしたらおいらの父親かもしれなかった。

べつにどうでもいいことなので、深追いする気などなかった。粋《いき》としゃれが生命線のお笑い芸人にとって、父子判定のDNA検査など野暮《やぼ》の骨頂《こっちょう》だろう。

追いついたサユリが息を切らして言った。

「さっきアパートにもどったらさ、ジョニーの骨壺が鏡台の上に置いてあったので、あんたが来たことがわかったの。きっと行き先は浅草に決まってるから、大事な骨壺を前カゴに入れてチャリをとばしてやってきたのよ」

師匠が生きていることがわかり、骨壺はさほど大事ではなくなった。でも言いだすタイミングがむずかしい。

おいらは作り笑いでその場をしのいだ。

「おつかれさまです。迷惑かけちゃったみたいですね」

「ジョニーが亡くなってから、お骨と一緒に東京中を走ってばかり」

「本当におつかれさまです」

「そういえば、ここ数日与作さんの姿が見えないわね。あのジジィは油断ならない。きっとなにかを隠してるよ」

もう限界だった。おいらは上目づかいに言った。

「いいですか姐さん。ゼッタイ怒らないでおいらの話を聞いてくださいね。ちょっと込《こ》み入ったことを言いますので」

「もう、なぐりはしないよ。だってチョビは有望なお笑い芸人だしね」

何も知らないサユリが笑っていた。

おいらは視線をそらし、何でもなさそうに語った。

「実はですね、ふしぎなことにジョニーは不死身というか、この世に生きてるみたいなんスよ。けっしてガセネタじゃありません。おいらの知り合いの知り合いが松屋デパートで本人と話し合ったとかで」

「なんですって！」

サユリ姐さんに胸ぐらをつかまれた。

「待ってください。おいらもたった今そのことを知ったんです」

「だって、あんたがジョニーの死を見届けたんでしょ。なにも知らないあたしは、それを信じてた」

「それがですね、人が目の前で死ぬのを見たのは初めてだったので。どこまでが生きてて、どこまでが死んでるのか、判断がつかなかったんスよ」

「そうか、わかったわ！　ジョニーは世間知らずの中学生を弟子にとって、ころっと死んだフリして、借金取りやあたしから逃げるつもりだったのね」

「そうかもしれない。だけど師匠のやることは面白すぎて笑っちゃう」

それが本音だった。ジョニーが秘蔵していたおバカ映画、《ラスベガスをやっつけろ》みたいなスラプスティックな展開だ。

サユリが不服そうに言った。

「笑うしかないけどさ」

「つまりですね。死体が勝手に歩きだしたこの怪事件は超長いコントで、錦糸町で演じたあの《ジョニー・ゲップ単独ライブ》の続きじゃないんですか」

サユリ姐さんが、小首をかしげて考えこんだ。

「すると、あたしは……」

「もちろん美しいヒロイン役ですよ」

「なによ、おせじばっかり」

「そして、作・演出・主演はジョニー・ゲップ。しぶい脇役は紙切り与作」

「なら、チョビ。あんたはなんなのさ」

「進行役のナレーターじゃないスかね。児童劇団でもよくやってましたし、けっこう評判もよかった」

「ふざけないでよ!」

やはりサユリ姐さんになぐられた。

幸い少し手加減してくれていた。怒って当然だと思う。最愛のジョニーに見事に裏切られたのだから。

だがその表情をみると、怒りながらも口元がほころんでいる。サユリ姐さんも、心の底ではジョニーが生きていてくれたことが嬉しいのだ。

おいらは腫《は》れた頬をさすりながら言った。

「殺しても死ぬような師匠じゃないスからね」

「そうよね。でも、与作さんにちゃんと話を聞くまでは何も信用できないわ」

「もういちど浅草演芸ホールへ行ってみましょうよ。ひょっこり帰ってきてるかもしれないし」

「ええ、あたしも一緒に行くわ。不死身のジョニーの骨壺も一緒にね」

二人はチャリをならべて舗道を走った。

ひさご通りから六区ブロードウェイに入ると、行き場のない中年男たちが広い通りをぶらついていた。おいらは演芸ホールの前にマウンテンバイクを停め、呼びこみのおじさんに声をかけた。

「こんちは、いつもお世話さまです」

「おう、あんちゃんかい」

「先日の件ですが、紙切り与作さんの行方はわかりましたか？」

「刑務所へ行ってたってサ」

「えっ、ムショに！」

おいらの声が裏返った。

丸メガネをちょいとずらし、おじさんが笑って言った。

「慰問だよ。地味な紙切り芸も、受刑者たちにはおもしろい娯楽になるのさ」

「生死不明とか言ってたのに」

「あんちゃんが初心《うぶ》だし、ちょっとからかったんだよ、紙切り与作の出番は一時間後だ。いま呼びだしてやっからよ」

「じゃあ、自転車置場で待ってます」

「あいよ」

気軽に言って、呼びこみのおじさんは楽屋へむかった。

おいらは、そばのサユリにたのんだ。

「姐さん。すみませんがそこの軒先で待っていてもらえますか。内妻が一緒だと、与作さんも話しづらいでしょうし」

「わかった、チョビ。そうするよ」

サユリはすなおに受け入れた。

裏手の自転車置場で五分ほど待っていると、角顔の紙切り芸人がひょこひょことやって来た。本日もほろ酔い加減だ。

「おう、ヒゲの助。待たせたな」

おいらはペコリと頭をさげた。

「ごめんなさい。マウンテンバイクを借りっぱなしで」

「いいってことよ。貸し賃一泊三千円だから」

「じゃあ利子付きで返済します」

万札を一枚手渡すと、与作さんが金歯を光らせて会心の笑みをもらした。初老の紙切り芸人は、おいらから金を巻き上げることが生きがいになっているようだ。

金を懐にねじこみながら笑顔で言った。

「立ち飲み屋でモンダから聞いたよ。R1の予選を通ったそうだな。よくやった、きっとジョニーも草葉の陰から見守ってくれてるぜ」

「審査員の目がくもってただけです。だけど与作さん、うちの師匠は草葉の陰なんかにはいませんよね。この世に舞い戻ってるし」

「えっ。あんちゃん、どこまで知ってンだ」

「半分ぐらいかな。本当のことを教えてください、与作さん。ちゃんと目撃者がいるんスよ。昨日銀座の松屋デパートで生きてる師匠と間近で話したって」

「ばれちまったか。あれほどジョニーには外を出歩くなと言っておいたのに」

与作さんが力なく苦笑する。

これで師匠の生存は確定した。ペテンだろうが何だろうが、やはりジョニー・ゲップは不死身だったのだ。その場で飛び上がりたいほど嬉しかった。

生きていさえすれば、いつかまたジョニーに会える。

そう思うと無性に心が浮き立った。

「すげぇや、死んですぐこの世によみがえるなんて。やはりジョニーはフェニックスだったんスね」

「どうだかな。奴は生きてたってロクなことはしねぇけど」

「で、今どこにいるんですか」

「遠くにいる」

「もったいぶらないで教えてください」

「あの日、そうジョニーの命日だが。おめぇがサユリを迎えに行ったあと、ジョニーはすばやくアパートをぬけだして新橋のビジネスホテルへ直行したんだ。つなぎ役の俺が葬儀やなんやらを済ませるまで、ずっとそこに泊まってた。だが出発まぎわ、松屋デパートに服を買いに行き、ばったり知人に出会ったとか言ってたな。なにをやっても最後にゃ破綻《はたん》しちまう。それが奴の宿命だが、今回はあきらめずに最後までやりきった」

「やりきるって何を……」

「その夜、予定どおりジョニーは成田空港からアメリカに飛び立った。今ごろはラスベガスで派手に遊んでるんじゃないかな」

「ラスベガス！」

おいらは、また頭の中が真っ白になった。

与作さんが淡々と語った。

「以前からジョニーは、日本の芸能界に絶望してたんだ。民放テレビ局は大手芸能会社と手を組んで、くだらないバラエティ番組ばかりたれ流してるしな。またお堅いNHKも、ハレンチなジョニーの芸風を好まなかった」

「それで師匠は、アメリカのショービジネス界へ」

「奴は英語も達者だし、スタンダップ・コメディアンになるとか言ってた。それで俺も手をかしたってわけだ」

「では、師匠が〝変死〟したとき、葬儀の段どりをつけてくれたのも」

「ジョニーの書いた台本どおりにやったのさ」

「おいらを喪主にして、変テコな骨壺をあずけたのも」

「おめぇが最高のボケ役だからさ。中学生が保証人なら、借りた金もふみたおせる。おかげで渡米の費用もできたんだ」

「笑って聞いてるけど、マトモなことが一つもないじゃないスか」

おいらは脱力し、ヘラヘラとだらしなく笑いつづけていた。

与作さんが思い出した風に言った。

「骨壺を渡すとき、俺はこう言ったろ。『あんちゃん、中を開けて見るかい』と」

「たしかにそう言いましたね。でも、おいらは見る気にはなれなかった」

「浦島太郎の玉手箱みてぇなものさ。竜宮城の乙姫様に『ぜったい中を開けたらダメ』と言われたら、人はぜったい玉手箱を開けちまうだろ」

「そうですね。もしダメと注意されたら、おいらもすぐに骨壺を開けて見たでしょう」

　見事な心理戦だった。

　熟練の紙切り芸人は、きっちりとおいらの心を切りとっていたのだ。よく考えてみたら、死亡届すら提出していなかった。

「それとジョニーは、一番弟子のおめぇのことをとても気にかけてた。まるでわが子のようにな」

「本当ですか」

「本当さ。生き別れた息子みてぇな気がするとか言ってた。だからよ、今日からおめぇは俺のあずかり弟子だ。それがジョニーの遺言だし」

「ちょっと待って下さい。師匠はまだ生きてるじゃないスか」

　おいらのツッコミを無視し、角顔の紙切り芸人が真顔で言った。

「これからは、俺のことを『与作師匠』と呼びな。不服だろうが紙切りの芸をおぼえたら一生食える」

　たしかに不服だった。

　性根のくさった芸人どもに、自分の将来を決められてはたまらない。

「でも、おいらは△《さんかく》と□《しかく》しか切れないし」

「あとは○《まる》の切り方をおぼえ、十年続けりゃ何とかなるさ。それと芸名は、与作の一字を取って『紙切り田作《たさく》』だ。どうだ、良い名だろ」

「まるで江戸時代のお百姓さんみたいスね」

とても田舎っぽくて、平成の芸名とは思えない。でも、なぜか四つめの名前が意外と気に入った。アンチョビ・ヒゲの助より少しだけマシだと思った。

これまでの荒唐無稽《こうとうむけい》なゲームがいったんリセットされ、なんだか新しいステージに入った気がする。

「明日からは通い弟子だ。それでいいな」

「……はい」

おいらは不承不承《ふしょうぶしょう》うなずいた。きっちり死んでるならいいが、なまじ生きてる師匠の遺言は守るしかない。

「よし、田作！　みっちりきたえてやるぜ。じゃあ俺はそろそろ出番だから」

「とにかくよろしくお願いします。与作師匠」

演芸ホールへ戻りかけた与作師匠が、ニヤリと笑ってふりかえった。

「あの大事な骨壺のことだが……、けっして中を開けたらダメだぞ」

そう言い残し、紙切り芸人は意気揚々と去っていった。

　自転車置場を出ると、ブロードウェイでサユリ姐さんが待っていた。

「軒陰で話はぜーんぶ聞いたわよ。あんたもあたしも、あのジジィにうまくだまされたね。裏であやつってたのはジョニーだけど」

「でも、ぜんぜん腹が立たないんスけど」

「ええ、なんだか妙に幸せな気分。あたしもアメリカへ行っちゃおうかな。本物のジョニー・デップを探しに」

「姐さん、やめといたほうがいいスよ」

「そうね。あんまりバカバカしくって笑っちゃう。こんなインチキな骨壺を持って、都内をグルグル走りまわってさ。どうする、これ」

「与作師匠が『けっして開けるな！』と言ってました。そう言われると開けちゃうしかないスね」

「ふふっ、本物の遺骨が入ってたりして」

　サユリ姐さんがチャリの前カゴから骨壺をとりだし、紫色の布のヒモをほどいた。

　小さな木箱のフタを開いて逆さにふった。すると、コロリと茶色い物体が彼女の左手に落下した。

「うわっ、これって！」

「浅草の堅焼きセンベイだ！」

おいらたち二人は、その場で笑い転げた。台本どおり、与作師匠は堅焼きセンベイ入りの骨壺をおいらに渡したようだ。

死者は生者で、お骨はセンベイ。

いかにもジョニー・ゲップらしいトリッキーな〝二段落ち〟だった。

サユリ姐さんが、おいらを新しい芸名で呼んだ。

「田作。紙切り芸の道は地味できびしいけど、がんばれ！　高座では持ち前のしゃべりを生かして、お客さんたちをアゴが外れるほど笑わすんだよ。そして六区の街燈のプレートにのるようなお笑い芸人になりな」

「いや、おいらは一生根岸の路地裏に暮らす貧乏芸人でいいスから」

「ほんとに欲がないわね。まったくどうしようもないよ、あんたって子は」

「生まれついてのイカレポンチです」

「うん。それはあたしが保証する。さ、ジョニーの遺骨の分骨《ぶんこつ》だよ。お食べ」

サユリ姐さんが堅焼きセンベイを二つに割って、おいらの口に押しこんだ。必死に嚙み砕くと粉々《こなごな》になってのどに詰まった。口中の水分がぜんぶ持っていかれた。

おいらは自動販売機の前へ行き、サユリ姐さんにきいた。

「姐さん、何にしますか？」

「もちろん、ファンタ！」

「バッタ味ですね」

ジョニーが好きだったファンタを二本買った。それからブロードウェイの真ん中で一気にラッパ飲みした。

炭酸がきつい。

二人は同時にゲップをもらした。サユリ姐さんとおいらは顔を見合わせ、お約束のくだらないギャグを声をそろえて言い放った。

「ジョニー・ゲップ！」

あとがき

ぼくは十三歳のときプロ作家になった。

こう記せば、多くの識者たちに袋叩きにあうだろう。とても生意気だし、滑稽《こっけい》にさえ映る。けれどもプロ作家の定義が、『自分の書いた小説にギャラが発生する者』だとしたら、まぎれもなくそれはぼくだ。

世の中には物好きな編集者もいる。唐突に執筆依頼があり、中学二年時から一年間ほど月刊誌に小説を連載させてもらった。もちろん原稿料もありがたく頂戴《ちょうだい》した。

そして本作の『ジョニー・ゲップを探して』は、連載小説とは別の長編であり、中学三年の冬に書きあげ、高校一年の秋に初出版された。

当時は何とも感じていなかったが、十年を経《へ》た今となれば自分の強運ぶりにあきれかえってしまう。お世話になった編集者のみなさん、本当にありがとうございました。

今回は文芸社の佐々木春樹さまと、遊子堂の小畑祐三郎さまのご尽力によって文庫化されることになった。

十年ぶりにしっかりと読み返してみた。ぼくはおのれを褒《ほ》めたたえるのが好きだ。お年齢のハンデぬきで、めっぽう面白いと思った。自分でも二度と書けない小説。お笑い芸人をめざしていた中学時代の熱気が、幼い情感となって全編に躍動している。

語り手の『おいら』はぼくの分身であり、登場人物のジョニーやサユリ姐さんにもモデルらしき人物がいる。未熟で愚かしい小説なのに、だれもかれもが懐かしい。そう思えるのは、きっと今の自分が好きになれないからだろう。変に知恵がまわり、安全策ばかりとっている。昔はぼくも無鉄砲で痛快な少年だったのに……。

なので文庫化にあたり、加筆は最小限におさえた。うまい描写はかえって興ざめだし、本作の趣旨《しゅし》から外れてしまう。二度ともどれない波乱の思春期。目前に迫る高校受験を放り投げ、浅草界隈をほっつき歩いていた自分の姿がよみがえってくる。わけのわからない反抗心に身をこがし、懸命《けんめい》に独力で生きようとあがいていた。

「がんばれ、チョビ！」

そう声をかけたくなってくる。

自画自賛に終わらず、読者の皆様の声援がまきおこることを祈るばかりです。

二〇一七年晩秋

阿野　冠

本書は二〇〇九年七月にナショナル出版より刊行された『ジョニー・ゲップを探して』を一部改題し、大幅に加筆・修正しました。

本作品はフィクションであり、実在の個人・団体などとは一切関係がありません。

編集協力　遊子堂

文芸社文庫

ジョニー・ゲップを探して

幻の浅草ピン芸人

二〇一七年十二月十五日　初版第一刷発行

著　者　阿野冠
発行者　瓜谷綱延
発行所　株式会社　文芸社
〒一六〇-〇〇二二
東京都新宿区新宿一-一〇-一
電話　〇三-五三六九-三〇六〇（代表）
〇三-五三六九-二二九九（販売）

印刷所　図書印刷株式会社
装幀者　三村淳

ISBN978-4-286-19347-2